JN035168

元・凡人冒険者
平野庸一
SUPERMOB
YOUICHI HIRANO
……お前ら、あんま無茶すんなよ？
元・魔王
暗養寺 黒
DEMONLORD
KURO ANYOJI
はいはい、厨二病乙じゃ

来ている……！私の流れが来ているぞ……！
元・天才死霊術師
魂ノ井 環
NECROMANCER
TAMAKI TAMANOI
兄様とのお泊り、楽しみですわぁ！
元・勇者
天ケ谷 光
BRAVER
HIKARI AMAGAYA

我は『魔王』エイティ・バオウ！

# 異世界からJK転生した元妹が、超グイグイくる。 2

はむばね

HJ文庫
879

異世界から
JK転生した元妹が、超グイグイくる。
2

# CONTENTS

# 第一章　転生者共《ども》の日常

Isekai kara JK tensei shita moto imouto ga Chou guigui kuru.

平野《ひらの》庸一《よういち》は、異世界転生者である。
前世ではエフ・エクサという名で、冒険者《ぼうけんしゃ》を生業としていた。
そして、十代の半ばにして何事も成すことなくその生涯を終えた。
地球という星の日本という国で二度目の生を受け、十六年と少し。
彼《かれ》は今、再び戦いに身を投じていた。
教室という、学生にとっての主戦場で。
『魔王《まおう》様、だーれだっ？』
『魔王様ゲーム』……こちらの世界で言う『王様ゲーム』という戦いに。
全員が割《わ》り箸《ばし》を手にとったところで、一斉《いっせい》に声を上げながら各々《おのおの》手元を確認《かくにん》する。
「あっ、俺《おれ》だ」
手にした割り箸に黒いお化けのような絵が描《えが》かれているのを見て、庸一が手を挙げた。
「ふむ、ヨーイチかえ。まぁ安牌《あんパイ》といったところじゃの」

尊大な態度でそんなことを口にするのは、暗養寺《あんようじ》黒《くろ》。

彼女《かのじょ》も異世界転生者で、前世ではエイティ・バオゥという名だった。

そして、『魔王』だった少女である。

何憚《はばか》ることもないとばかりの堂々とした立ち居振《ふ》る舞《ま》いゆえか、小柄《こがら》ながらも抜群《ばつぐん》の存在感を放っている。ダルンとあちらこちらが緩《ゆる》んだ制服に、強くウェーブする長い黒髪《くろかみ》を適当にリボンで纏《まと》めた姿。それはファッションではなく単なるずぼらの結果なのだが、それすらも彼女の存在感を引き立てる役割を担《にな》っているように思えた。

「庸一、その、ちょっとくらい大胆《だいたん》なのでもいいぞ……？　ちょ、ちょっとだけな！」

もにょもにょと言った後で慌《あわ》てた調子でそう付け加える、天ケ谷光《あまがやひかり》。

彼女も異世界転生者で、前世ではエルビィ・フォーチュンという名だった。

そして、『勇者』だった少女である。

金色に輝《かがや》く美しい髪や中性的な顔立ちは、前世から変わらず健在。しかし『勇者』と呼ばれていた頃《ころ》を知っている者から見れば、些《いささ》か覇《は》気に欠ける……というか、有《あ》り体《てい》に言ってしまえば腑《ふ》抜《ぬ》けた顔となっている印象を受けることだろう。モジモジと照れくさそうに自らの両指を絡《から》めたりしているものだから、尚更《なおさら》である。

「わたくし、兄様の命令でしたら何でも喜んで従いましてよ！」

ともすればマゾ発言とも取られかねない発言は、魂ノ井環《たまのいたまき》のもの。

彼女も異世界転生者で、前世ではメーデン・エクサという名だった。

天才『死霊術師《しりょうじゅつし》』にして、エフ・エクサの妹だった少女である。

ブラウンの髪やプリズムのように不思議な煌《きら》めきを宿す瞳《ひとみ》は、黒や光と同じく前世のまま。しかし二人が良くも悪くも飾《かざ》り気《け》がなく『今時の女子高生らしさ』に欠けているのに対して、環はその点が異なる。元は飾り気のないストレートヘアだったのが今は軽いウェーブの巻き髪になっており、薄《うす》く施《ほどこ》されたメイクが目鼻立ちを更《さら》にくっきりと魅《み》せていた。制服も黒とは違《ちが》って意図的に着崩《きくず》しており、鞄《かばん》もスマホもデコレーションされている。

もっとも、つい先日までは環だって『素材そのまま』の姿だったのだが。クラスメイトの協力の下、今時のファッションというものを勉強したのである。これも、兄……現世では血は繋《つな》がっていないが、前世から変わらず愛《いと》しい人と結ばれるための努力であった。

「それで、兄様？　ご命令は？」

「普通《ふつう》こういうのって、命令される側がワクワクした顔になるもんじゃないだろ……」

目を輝かせる環を前に、庸一が苦笑《くしょう》を浮かべる。

「んー……じゃあ、３番が１番にデコピン」

そして、思いついた『命令』を口にした。

「はん、予想通りに日和《ひよ》った命令じゃのぅ。ちな、妾《わらわ》は2番じゃから関係なしじゃ」

黒がつまらなそうに鼻を鳴らす。

「1番は私なんだが……と、いうことは……」

その傍《かたわ》ら、光が恐《おそ》る恐るといった様子で手を挙げた。

「3番は、わたくしですわね。触《ふ》れるなら、兄様に対してが良かったですわぁ」

露骨《ろこつ》にガッカリした様子で、環が『3』と書かれた割り箸を見せる。

「ですが兄様のご命令とあらば、全力で果たしてみせます！」

「環、君……一応確認なんだけど、ちゃんと手加減はしてくれるんだよな……？」

一転してやる気を見せる環に、光は戦々恐々《せんせんきょうきょう》な模様であった。

「何を大げさな、たかがデコピンじゃろが」

黒が呆《あき》れた調子で肩《かた》をすくめる。

「君は魔王だから、人間の攻撃力《こうげきりょく》など誰《だれ》でも一緒《いっしょ》、程度に考えているのかもしれないが
……環レベルになると、後衛職でも普通に指で人の頭蓋《ずがい》くらい砕《くだ》けるんだからな……？」

「はいはい、前世の話乙《おつ》じゃ」

唇《くちびる》を尖《とが》らせて抗議《こうぎ》する光を、黒が一蹴《いっしゅう》。

「ふわぁ……おっ、蝶々《ちょうちょう》……じゃなくて、蛾《が》じゃなぁ……」

すっかり興味を失った様子で、あくび交じりに窓の外へと目を向ける。

「というか光さん、貴女《あなた》わたくしを何だと思ってますの？　いくら兄様のお言葉といえど、こんなお遊びで本気を出すわけがありませんでしょうに」

「そ、そうだよな……」

環の言葉に、光はようやくホッとした表情となった。

「では……」

中指を親指で押《お》さえ、『溜め』を作った状態で光の額の前に手を持っていく環。

「宙を漂《ただよ》う、往《ゆ》く当て無き魂たちよ」

「ちょぉい!?　言ってる傍《そば》からなんで詠唱《えいしょう》し始めてるの君!?」

「わたくしにその力を貸しなさい！　彼の者に破壊《はかい》を！」

「っ！　破魔《はま》の力よ、この身を護《まも》る盾《たて》に！」

環が弾《はじ》いた中指の先から黒い霧《きり》が噴出《ふんしゅつ》し、光の前に現れた輝く壁《かべ》がそれを弾いて霧散《むさん》させる。どちらも、一瞬《いっしゅん》の出来事であった。

「いや君、なんでそういうことするの!?　なんで攻撃魔法使うの!?」

若干涙目《じゃっかんなみだめ》になりながら光が環に抗議する。

「流石《さすが》に素の力だけではスリルがないかな、と思いまして」

「魔王様ゲームってそういうスリルを求めるゲームじゃないから！」

「といっても、たかが低級霊《れい》を使役《しえき》しただけですわよ？　確かに一般人《いっぱんじん》の頭に命中すれば廃人化《はいじんか》くらいはするでしょうけれど、そもそも貴女は女神《めがみ》の加護があるのですから低級霊程度何もしなくとも寄せ付けないでしょうに」

「それ、もうないから！　転生した時点で女神の加護もなくなったから！」

「……あら、そうでしたの？」

「ていうか、前にも説明したろう⁉　もうこの際私にあんまり興味がないのはいいとして、せめて命に関《かか》わることくらいは覚えていてくれないか⁉」

「ふふっ、わたくしったらうっかりしてしまいましたわね。ごめんなさい」

「そんなテヘペロな感じで誤魔化《ごまか》せる範疇《はんちゅう》じゃなくないかな⁉」

自らの頭にコツンと拳《こぶし》を当てて謝《あやま》る環に、光は叫《さけ》びっぱなしであった。

「そうだぞ環、今のはちゃんと反省しなきゃダメだ」

とそこで、しかつめらしい顔で庸一が口を挟《はさ》む。

「庸一、言ってやってくれ！　この子、実質君の言うことしかきかないんだからな！」

完全に庸一に頼《たよ》りきりな感じの光は、前世で希望の象徴《しょうちょう》として人々を引っ張っていた姿とは著しく乖離《かいり》していると言えよう。

「いいか？　お前の魔法《まほう》の腕《うで》を疑うわけじゃないけどな？　こっちの世界は、前世の世界より魔力の制御《せいぎょ》が難しいって話だったろ？　こんな人の多いところで、万が一誤ってクラスの誰かに当たっちゃったら大変じゃないか」

「兄様……」

庸一の言葉を受けて、環はハッとした表情となった。

「確かに、おっしゃる通り……わたくし、考えが足りておりませんでした……」

シュンと項垂《うなだ》れる様は、先程《さきほど》とは違って本心から反省しているようだ。

「うんうん、そうだな。そういう視点もあるな」

本人は特に何をしたわけでもないのに、光はしたり顔で頷《うなず》いていた。

「これからは、周囲の状況《じょうきょう》を十分に考慮《こうりょ》した上で魔法を行使するように致《いた》します」

「あぁ、わかってくれたならそれでいいんだ」

「うんうん、寛容《かんよう》な心で許すことも必要だな」

「では兄様、次のゲームに参りましょうか！」

「そうだな」

「うんうん、次のゲームに…………………うん？」

しばし上下にしか動いていなかった光の首が、コテンと横に傾《かたむ》く。

「そんじゃ、割り箸戻《ばしもど》してー」

「いやちょい待ぁち！」

割り箸を回収しようとする庸一を、光が手で制した。

「私に攻撃魔法を使ったことへのお咎《とが》めとか、私の心配とかはっ⁉」

再びちょっと涙目《なみだめ》となって、自身を指差し必死にアピール。

「心……配……？」

「なんで君たち兄妹、私に対してちょいちょいそういう塩っぽい反応なの⁉」

庸一が怪訝《けげん》そうに眉《まゆ》を顰《ひそ》めると、いよいよ光は泣きそうになってきた。

「つっても、光は問題なく防いでたろ？」

「そりゃ、結果論としてはそうだけど……」

「結果論じゃないさ」

庸一は小さく微笑《ほほえ》む。

「俺だって、元は冒険者の端《はし》くれだ。同じことは出来なくても、それがどれくらい凄《すご》いのかってくらいはわかってるつもりさ。さっきの環の魔法に対して必要最小限の障壁《しょうへき》を一瞬で展開した。あれはもう、完全に反射の域だろ？　百回やっても、光なら百回防ぐ」

「それは……まぁ……」

自分でもそれは事実だと思っているのだろうが、光は釈然《しゃくぜん》としない様子であった。

「だって、それが」

どこか眩《まぶ》しげに、庸一は目を細める。

「俺の憧《あこが》れた勇者様、だからさ」

「っ……」

不意を突《つ》かれたのか、光が息を呑《の》んだ。

「……そ、そっかぁ」

そして、その頬がへにゃっと緩む。

「庸一の憧れだもんなぁ、確かにそれくらいは楽勝さぁ」

つい先程まで泣きそうになっていたとは思えないくらいに、デレデレな表情である。

そんな光を見て、クラスメイト一同の心が一つとなった。

『チョロい……！』

といった呟《つぶや》きが、方々から漏《も》れ聞こえてくる。

……そう。

四人が陣取《じんど》っているのは、教室の自席付近。

そして現在は昼休みの最中であり、普通に周囲にはクラスメイトたちがいるのだ。そんな中で『勇者』だの『魔王』だの『魔法』だのと真顔で言っているのであるからして。

「にしても、今日も厨二《ちゅうに》ーズは厨二っとるなぁ……」

「厨二っとるねぇ……」

「厨二っとるものであることよ……」

周囲のリアクションも、そうなろうというものである。もはや自分たちの扱《あつか》いについて諦《あきら》めているのか、庸一たちもそれにいちいち反応したりはしない。


（まったくもって、ほんになぁ）

唯一《ゆいいつ》、黒を除いて。

これは、黒自身を含《ふく》む転移者全員が勘違《かんちが》いしている点なのだが。

（毎度、よう前世なんちゅー設定の話でこんなに盛り上がれるもんじゃ……）

黒は、魔王としての……前世の記憶を、欠片も有していない。

ゆえに。

「ところで、アレだな。黒は、さっきからなんか乗り気じゃないよな？」

「まぁ、魔王が『魔王様ゲーム』というのも妙《みょう》な感じではありますものね」

「あーまー、そうじゃねー。なんか、そういうアレじゃねー」

今日も今日とて、前世の記憶を前提に話してくる面々相手に適当に流すのであった。

「ちゅーか、そもそもの話なんじゃが」

とはいえ、ツッコミを入れたい点はある。

「これもう、素直《すなお》に『王様ゲーム』って言うときゃえぇじゃろ……なんで微妙《びみょう》に改変するんじゃや……『魔王様ゲーム』て、なんか語呂《ごろ》も悪いしの……」

黒からすれば、謎《なぞ》のこだわりポイントにしか思えなかった。

「そうは言っても、向こうの世界じゃこの呼び方が当たり前だったからなぁ……俺らとしては、こっちの方が馴染《なじ》みあるだろ？」

「いや、妾にはないんじゃが……」

思わず本音が漏れる。

「ふっ……言われてみれば、彼《か》の魔王がこのような遊戯《ゆうぎ》に興じるはずもなし、か。自身の名を冠《かん》したゲームなのに、皮肉なものだな」

「うむ、まぁ……うむ……」

光が無駄《むだ》にいい感じに解釈《かいしゃく》してくれたようなので、曖昧《あいまい》に頷いておいた。

「にしても、なんで異世界にも斯様《かよう》なゲームがあるっちゅー設て……あるんじゃ？」

「世界は違っても、人は人。同じような発想を持つ者が現れるということでしょう」

「本来恐ろしい存在である魔王を遊戯に落とし込むことによって、恐怖《きょうふ》を少しでも緩和《かんわ》しようという心理もあったのかもしれないな」

「無駄に整合性は取れとるな……」

黒は、半笑いでポツリと呟く。

こんな光景が、異世界転移者たちにとっての日常なのであった。

……が、しかし。

「っ……!?」

妙な頭痛を感じて、黒は頭を手で押さえる。

――このわたくしの最大の魔法を見せて差し上げますわ！

周囲の景色を歪《ゆが》ませながら、敵意に満ちた目で睨《にら》みつけてくる環。

――感謝する！　悪いが、共に逝《い》ってもらうぞ！

白銀の鎧《よろい》を身に纏い、強く輝く剣《けん》を向けてくる光。

――が……ふっ
口から鮮血《せんけつ》を溢《あふ》れさせる、庸一。

そんな光景が、目の前に広がった。

（また、かえ……）

先日より、度々訪《たびたびおとず》れるようになっている幻覚《げんかく》だ。

(幻覚……なん、じゃよな……?)

理性は、そうに決まっていると断定する。

こんな非現実的な光景に直面したことなど、あるはずもないのだから。

にも拘《かかわ》らず、やけにリアルに感じられるのはなぜなのか。

実際に嗅《か》いでいるかのような、この血の匂《にお》いはなんだというのか。

「……ろ?　黒?」

しばらく自失していた黒は、傍らからの呼びかけにハッと我に返った。

「どうした?　なんか顔色悪いけど、体調悪いのか?」

そちらに視線を向けると、心配そうな庸一の顔が目に入ってくる。

「魔王、この間からちょくちょく様子が変な気がしますわよ?」

「風邪《かぜ》でも引いたか?」

環と光も、眉根を寄せていた。

「……いや、なに」

小さく頭を振《ふ》ってから、意識して呆れた表情を形作る。

「お主らの厨二病っぷりに、頭痛がしてきただけじゃわい」

　それから、やれやれと肩をすくめてみせた。
「何を唐突《とうとつ》にディスってきてんだよ……」
　庸一が苦笑を浮かべる。
（……ま、こんな幻覚を見るなぞ妾も人のことを言えん厨二っぷりじゃがな）
　内心では、黒も苦笑を浮かべていた。
　先の光景など、遅《おく》れてきた厨二病の一種に過ぎないのだと……そう、笑い飛ばす。
　なぜか、笑い飛ばしきれない自分も認識《にんしき》してはいたけれど。
　異世界転生者たちの概《おおむ》ね騒《さわ》がしく時に珍妙《ちんみょう》な日常は、今日も続いている。
　ただし。
　そこに揺《ゆ》らぎが生じ始めているのも、恐らく事実であった。
　未《いま》だ、誰もそれに気付いてはいなかったけれど。

# 第二章 林間学校の準備



『林間学校のしおり』

桜の木もすっかり緑色の葉を生《お》い茂《しげ》らせ、そろそろ長袖《ながそで》では暑さを感じるようになってきた頃。担任教師から生徒一同に配られたのは、そんな文言が印字された冊子であった。

「そっか、もうそんな時期か」

庸一《よういち》が感慨深《かんがいぶか》げに呟く。

林間学校は、県立小堀《こぼり》高校の年間行事の一つである。行き先こそ違うものの一年から三年まで同時期に開催《かいさい》されるため、庸一たちは去年も経験済みだ。

「兄様、林間学校というのはどういうことをしますの？」

唯一、この春に転校してきた環《たまき》だけは疑問符《ぎもんふ》を浮かべていた。

「基本、ピクニック的なもんだな。二年は、確か山登りだったかな？　行き帰りと泊《と》まり以外はほとんど自由行動だし、まぁ放任主義なウチの高校らしい行事だよ。問題行動さえ起こさなきゃオーケー、ってスタンス……な、わけだけど……」

と、林間学校を共に過ごす班員たちの顔を見回す庸一。

といっても、環、光《ひかり》、黒《くろ》というお馴染みのメンバーである。

現在ホームルームの最中で、周囲は未だ班決めでザワザワとしているのだが。席が近いこともあり、この班は一瞬で決まった形であった。誰も庸一たちに声を掛《か》けようとする気配すらなかった辺り、クラスメイトも色々と察しているということであろう。

本来であれば男子一に女子三という構成には問題がありそうな気もするが、担任教師に目を向けてみても何かを言ってくるような様子はない。恐らく、このメンバーがバラバラになった時の惨事《さんじ》が目に見えているからだろう。あるいは、暗養寺《あんようじ》家から何かしらの『圧』が掛かっているという可能性もあるが……いずれにせよ。

「……問題行動、起こすなよ？」

問題行動を起こす気しかしない顔ぶれに、庸一は釘《くぎ》を刺《さ》した。

「兄様とのお泊まり、楽しみですわぁ！」

「ははっ、そうだな」

庸一の話を聞いているのかいないのか――兄至上主義の環なので聞いていないことはないだろうが、ちゃんと意味まで理解しているのかは不明である――目をキラキラさせる環へと、庸一は乾《かわ》いた笑《え》みを返す。

「光は特に、他校生とかとモメるにしても穏《おだ》やかにな？」

「えっ、私かっ⁉」

表情を改めて注意事項《じこう》を伝えると、光は心外だとばかりに叫んで自身を指した。

「なぜ他校の生徒とモメることは前提なんだとか、そもそも昭和のヤンキーに対する注意みたいだとか、色々と言いたいことはあるんだが……まずだな、庸一」

その指を、今度は隣《となり》に向ける。

「これを置いて、なぜ真っ先に私を注意する⁉」

と、彼女が指す先では。

「あぁ、前世ぶりの一つ屋根の下での生活……兄様と一緒の食卓《しょくたく》、兄様と一緒のお風呂《ふろ》、兄様と一緒のお布団《ふとん》、旅のテンションで盛り上がった二人は、そのまま……これは、高校卒業を待たずして結婚《けっこん》コースもワンチャンですわね……！」

問題行動盛《も》り沢山《だくさん》の妄想《もうそう》を垂れ流し、トリップしている環の姿があった。

「環は、ほら……事前に言ったところで、どうせ……な」

「あぁ……まぁ、うん……」

半笑いでの説明は曖昧なものだったが、余すところなく伝わったらしく光も半笑いに。

「ま、まぁそういうことなら環についてはいいとして、だ」

コホンと咳払《せきばら》いして、光はそれを不満顔に戻《もど》した。

「注意するなら、魔王の方が……！」

と、今度は黒へと水を向ける。

「魔王……の、方が……その……アレだ……」

しかし、言葉が続かない様子であった。

「なんじゃ？　言いたいことがあるなら、遠慮《えんりょ》せんと言うが良い。妾は特定の一人以外が目に入らん状態になったりせぬし、揉《も》め事《ごと》の類《たぐい》も概ね法律の範囲内《はんいない》で解決するが？」

ニヤニヤと笑いながら、黒が光を煽《あお》る。

そう……元魔王にして現世では大財閥《だいざいばつ》の跡取《あとと》り娘《むすめ》、という肩書《かたが》きに反して、黒は意外なまでに常識をキッチリと備えているのであった。

「そうだ！　遅刻《ちこく》とかするし！」

唯一、遅刻癖《ちこくぐせ》だけは問題だったのだが。

「流石に、現地での時間管理にくらいは従ってやるわい。仮に初日の集合時間に遅れたとて、妾なら別口で移動出来るしの。ちゅーかそもそも、ヨーイチがモーニングコールを寄《よ》越《こ》すようになってからは遅刻もしとらんじゃろうが」

それも概ね金の力で捻《ね》じ伏《ふ》せられる上に、最近では問題そのものがほぼ解消している。

「うぐぅ……！」

完全に論破された悔《くや》しさからか、光は悔しげに項垂れた。

「モーニングコール、やっぱり羨《うらや》ましい……！」

項垂れた理由が完全に論破されたからだったのかは、かなり怪《あや》しいかもしれない。

「まぁそんなわけで、黒はたぶん大丈夫《だいじょうぶ》だろ」

「ちゅーかお主、なんぞ常識人サイド面しとるがの」

苦笑気味に肩をすくめる庸一を、黒が呆れ顔《がお》で見上げてきた。

「妾はむしろ、問題行動を起こす可能性が一番高いのはお主じゃと思うとるかな？」

「ええ……？　なんでだよ、そんなことないだろ……？」

今度は庸一が、不本意を表明する。

「お主は、熱くなるとすぐ一人で突っ走る癖《ぱし》があるでな。今回は団体行動であることを意識し、困っとる奴《やつ》を見かけりゃまずは妾たちに相談せぇ。三人寄れば何とやら、一人で考えるよりは良い案も出よう。後は、実際に動き始める前にまず深呼吸。それを心がけよ」

「あ、はい……」

しかし言われてみると思い当たる節しかなく、素直に頷くしかなかった。

かくして。

「嗚呼《ああ》兄様、見てください……わたくしたちの愛の結晶です……なんと愛らしい……えっ、二人目……？　いやですわ、まだ気が早……けれど、兄様が望まれるのなら……」

「今からでも、モーニングコールお願いしようかなー……でも私、遅刻とかしたことないしな……くっ、下手に優等生でやってきたことがこんなところで枷《かせ》になるとは……！」

「ほんでな？　あまり、己《おのれ》の常識が万民《ばんみん》に通ずると思うでないぞ？　むしろお主の場合、割と通じとらんことの方が多いでな？　認識の擦《す》り合《あ》わせを怠《おこた》らぬように」

「はい……すんませんッス……ご指摘《してき》あざっす……」

だいぶ遠い未来まで妄想してヨダレを垂らしかけている環に、悩《なや》ましげな顔でブツブツと呟く光、見た目だいぶ年下の少女に説教される高校生男子、というカオスな光景が展開されることとなったのであった。

なお、そんな面々がクラス一同から生温かい目を向けられているのは言うまでもない。

◆　◆　◆

林間学校のしおりが配られてから数日後の、とある休日。

「いい天気ですわねぇ」

カラッと晴《は》れ渡《わた》った青空を見上げながら、環が目を細めた。

「あぁ、そうだな」

庸一も、軽く笑って頷く。

「絶好のデート日和《びより》ですわっ！」

そんな庸一の腕に、環が抱《だ》きついてきた。

「あぁ、そうだな」

庸一も、全く表情を動かさないまま頷く。

「庸一の奴、相変わらずのスルースキルだな……」

「ちゅーか魂ノ井《たまのい》も最早《もはや》、妾たちがいることに触れなくなっとるの」

そんな二人の少し後ろでは、光と黒が半笑いを浮かべていた。

本日は一同、林間学校に向けての買い出しのために出かけている。環からの提案であったが、当然の如《ごと》く光と黒も付いてきた形であった。環もその点についてはもう諦めているのか、特にコメントを挟むことすらない。その代わりということなのか、庸一の隣だけはガッチリとキープしていた。

「さぁ兄様、まずはどこに参りましょう？」

「そうだな……」

頭の中で、必要そうなものをリストアップしていく庸一。

「あっ！　ほら、あそこなどいかがでしょうか！」

その腕を引いて、環が傍らを指差した。

庸一も、その指の先に目を向けると……『ＨＯＴＥＬ　ＥＤＥＮ』の看板が。小堀駅付近にはいかがわしい感じの建物が並ぶ区画が存在しており子供の教育によろしくないと保護者の皆《みな》さんから定期的に突き上《あ》げを食《く》らっているのであるが、いかがわしくない店も多く立ち並んでおり小堀市民が買い物に来るのも大体この辺りなのである。

「お前、なんか自然な感じで提案したらワンチャン通るとか思ってない……？」

これには流石《さすが》の庸一も苦笑い。

「大丈夫ですわ、休憩《きゅうけい》だけですので」

「その言い分が通ることもないからな？」

「けれど、『買い物は休憩から』と申しますでしょう？」

「申さねぇよ、パワープレイで常識を改変しようとすんな……って、引っ張んな⁉　引き摺《ず》んな⁉　物理的な意味でのパワープレイに走るのもやめろ！」

「ご安心ください、兄様が望まれるのであればどんなプレイでも受け入れる所存です！」

「プレイの希望を言ってるわけじゃねぇよ⁉」

なぜかドヤ顔を浮かべる環に対して、庸一が叫んだ。

「なんちゅーか、こういった光景にも慣れてきたのぅ……」

「出来れば慣れたくなかったところではあったけど、実際これを見ても『またいつものか』としか思わなくなっている自分がいるな……」

その後ろで、やはり黒と光は半笑いを浮かべるのであった。

「それでは、あちらは如何《いかが》でしょう？」

どうにか踏《ふ》ん張《ば》り続ける庸一に、ようやく諦めたのか環が今度は別の方向を指差した。

「……赤ちゃん服専門店に、何の用があるってんだ」

一瞬だけまともな方向に動くことを期待した庸一だったが、当然の如く裏切られる。

「備えあれば憂《うれ》いなし、と申しますものね？」

「……一応聞くけど、何に対する備えなんだ？」

「もちろん、兄様との間に生まれる子供に対してですわ！」

「うん、まぁ、それに備える必要はビタイチないよな」

「あぁご安心なさって、兄様！　もちろん男の子用と女の子用、両方揃《そろ》えますので！」

「これもしかして、一見通じてるようで実はお互《たが》い別の言語で話してたりする？」

あまりに嚙《か》み合わない会話に、その可能性を考慮する庸一であった。

「ほれ、いつまでもじゃれとらんでそろそろ行くぞ。時間は有限じゃ」

肩をすくめた後、黒がそう促《うなが》して歩き出す。

「……魔王に正論を言われる我々って、何なんだろうな」

どこかしみじみとした調子で、光が呟いた。

「うん、まぁ、そうだな……」

先日もガチ説教を食らったばかりの庸一は、軽く苦笑を浮かべる。

「他者との関係など、些《さ》細《さい》なこと。わたくしにとって重要なのは、兄様だけですわ」

なお、環は平常運転であった。


そんな一幕はありつつも、一同はショッピングモールを訪《おとず》れる。

「とりあえず必要なのは、日数分の食料と水と着替《きが》え辺りでしょうか？」

「俺としては遭難《そうなん》した時に備えて、倍は欲《ほ》しいな。いや、カロリー効率を考えるとマヨネーズ一本あればしばらくは生き残れるか？　そうなると、食料より気にするべきはナイフか。丈夫《じょうぶ》なのが、出来れば二本は欲しい。後は火熾《ひおこ》し……は、ライターで出来るか。ホント便利だな、この世界。薬の類も、簡単に入手出来るし」

「うん、まぁ、というかだな。君、どこにサバイバルしに行くつもりなんだ……？」

「お主、去年ガチサバイバル装備で来て先生にめちゃくそ叱《しか》られたんを忘れたんか？」

「いやだって、万一遭難した場合を考えると……」

「妾の位置は、ＧＰＳで常に家の者が把握《はあく》しとる。ちょっと離《はな》れたところで常にＳＰも控《ひか》えとるし、念のため衛星電話も持っていってやろう。とりあえず妾から離れんようにだけ心がけとけば、遭難の心配なんぞいらんわ」

「それはそれで過剰《かじよう》装備だな、魔王……」

黒の言に、光が苦笑を浮かべた。

「というか魔王、さりげなく兄様が自分から離れないよう仕込むのはおやめなさない！　姑息《こそく》！　流石は魔王、姑息ですわ！」

「安心せぇ、ちゃんとお主らも救助してやるわい」

「そういう話はしておりません！　……が、それはそれとして魔王に優《やさ》しさを見せられるというのはなんだか妙な気分ですわね……」

前世で殺し合ったことを思い出しているのか、環は何とも言えない表情となる。

「ちなみに、私は仮に遭難したとしても神託《しんたく》に頼ればいいからな。心配ご無用だ」

「お、おぅ……下手に実績があるだけに、何ともコメントしづらいのぅ……」

「そういう意味ではわたくしも、その辺りの浮遊霊《ふゆうれい》にでも聞けば下山可能ですので助力は不要ですわ。動物霊に遭難者《そうなんしゃ》の霊、山の中は霊の溜《た》まり場《ば》ですもの」

「そういう類の話はやめてたもれ？　山に行きづらくなるでな……」

涼《すず》しい顔で言う環に、黒の顔色が若干《じゃっかん》悪くなった。

「そ、それより、じゃ！」

焦《あせ》り交じりで、話題を変える。

「こういう時の買い物といえば大きめのリュックとか、山で歩きやすい靴《くつ》とか、防寒具とか、あと夜に遊ぶゲームとかそういうやつじゃろうが。あ、靴を買うのであれば事前に履《は》いて履き慣《な》れておくのを忘れるでないぞ？」

「魔王《まおう》……相変わらず、常識的な発言だな……」

「百歩譲《ゆず》って前世のことを置いておくとしても、社長令嬢《れいじょう》らしさに欠けますわね」

「なんで常識語って呆れられんとならんのじゃい！」

光と環の物言いに、黒が吠《ほ》えた。

「ははっ、黒って何気にこういう集団行動系のイベントが好きだったりするからな。たぶん、事前にちゃんと調べてるんだろ」

とりなすために、庸一は黒の頭にポンと手を置く。

「そうか、魔王……」

「友達がいなかったんですのね……」

「えーい、生温かい目で見るのもやめい！」

再び吠える黒。

「……あっ」

そんな風に雑談交じりで歩いていた中、環が何かに目を留めて声を上げた。

「あれは、旅に必要なものですわよね？」

と、少し先を指差す。

「……ランジェリーショップか」

なんとなくジッと見ているのは気まずくて、庸一はそっと店から目を逸《そ》らした。

（まぁ、確かに女の子にとっちゃ必要……なの、かな？）

庸一自身としてはその必要性を感じなかったが、女性はこういう機会には新しい下着を用意したいものなのかもしれないと考える。

「そんじゃ俺《おれ》は外で待ってるから、買いたい奴は行ってきな？」

ゆえに、そう促した。

「いえ、兄様」

が、腕をガッシリと環にホールドされる。と同時、光と黒の方に一瞬ずつ目を向ける環。

その目には、明確な意志が込められているように見えた。それに対して光がハッとした表情を浮《う》かべ、黒がニッと笑い、それぞれ頷く。

「やはりここは兄様の意見も伺《うかが》いたいので、是非《ぜひ》とも一緒にいらしてくださいな」

「いや……」

なんでだよ、と言いかけて。

「そ、そうだな！　私も是非ともそうするべきだと思うぞ、庸一！　ほら、アレだ！　客観的な意見？　ってやつが必要だから！」

「ええ……？」

若干顔を赤くした光が上擦《うわず》った声で追随《ついずい》してくるので、思わず疑問の声が漏れた。

「じゃな。やはり、女子からの観点だけでは偏《かたよ》りが出るからのぅ」

「そう……なの、か？」

黒にしたり顔で言われると、なんとなく「そうなのかな？」という気がしてくる。

「ささっ、兄様。手早く済ませますので」

「行こう行こう」

「ほれ、ちんたらしとらんとしっかり歩くが良い」

結局、環に腕を引かれ、光に背中を押され、黒にせっつかれて、ランジェリーショップに足を踏み入《い》れることになった庸一であった。

◆　◆　◆

そして、小一時間後。

（……いや、やっぱ俺がここにいるのはおかしいよな？）

店内の一角で、庸一は今更《いまさら》ながらにそんなことを思っていた。当然のことながら店の中にいるのはほとんどが女性で、滅茶苦茶肩身《めちゃくちゃかたみ》が狭《せま》い。

「兄様、お待たせ致しました」

「い、一番良さげなやつを選んできたぞっ」

「しかと判断するが良い」

しかし彼女《かのじょ》たちが試着するのを実際に見て意見することがいつの間にか決定事項となっているようで、今更退店もしづらい空気であった。

「それでは、まずはわたくしから」

「ジャンケンの結果だからな……まぁ、仕方ない」

「別段、順番で何が変わるわけでもあるまいに」

どうやら一斉《いっせい》に試着するわけでもないようで、もう順番まで決まっているようだ。

環が、一人でフィッティングルームに入っていく。

「そうは言っても、一番が環というのはちょっと……ほら、大きさ的なアレがな……魔王の後というのは、まぁいいんだが……」

「おぉん？　なんじゃ、戦争かえ？」

自信なさげに呟く光を、黒が睨みつけた。

「ちゅーか、お主も言うほど小さいわけでもあるまいに」

「しかし、男の人というのは大きければ大きい方が良いんだろう……？」

「別段、そうとは限らんじゃろ。重要なのは、相手の好みに合うかどうかじゃ」

「まぁ、確かにな……」

「そういう意味では、大きい小さいにさほどの違《ちが》いなどあるまい。むしろ、相手の好みを己に合わせさせる方法を考える方が建設的と言えよう」

「君のその自信、少しだけ羨ましいよ……」

なんて、光と黒が会話する傍《かたわ》ら。

「君ら、そういうのは出来れば俺に聞こえないように話してくれる……？」

庸一は、ますます肩身《かたみ》の狭い思いをしているのであった。

「す、すまない！」

「別にえぇじゃろ、この程度。初心《うぶ》な中学生でもあるまいに」

顔を赤くして謝《あやま》る光と、呆《あき》れた調子の黒。対照的な態度である。

と、そこで。

「お待たせ致しました！」

自信に満ちた声と共に、フィッティングルームのカーテンが開いた。

その向こうに現れた環は、当然といえば当然のことながら下着姿である。上下共に、ブラック。隠《かく》すべきところはしっかり隠れているが、やや露出《ろしゅつ》は多めだろうか。しかし随所《ずいしょ》にレースがあしらわれたデザインが美しく、全体としては上品な雰囲気《ふんいき》が感じられた。

「いかがでしょう、兄様？」

前傾《ぜんけい》姿勢のポーズを取り、ウインクを送る環。その豊満な胸が、ぷるんと揺れる。

「まぁ、いいんじゃないか？」

「リアクションうっす!?　ですわ!?」

庸一の返しに環は驚愕《きょうがく》の表情で仰《の》け反《ぞ》り、胸がぶるるんと激しく揺れた。

「久方ぶりに見た妹の下着姿ですのよ!?　ここはもっとこう、野獣《やじゅう》のような肉欲に満ちた目でガン見するべきではなくて!?」

「普通《ふつう》、妹の下着姿にそうはならんだろ……」

環の主張に、乾いた笑みが漏れる。

「も、もしかしてこの下着、兄様のお好みに合わなかったのでしょうか……⁉」

「いや、そういうわけでもないけどさ」

「では、あえて！　あえて改善点を挙げるとすれば……⁉」

「そうだな、あえて言うなら……もうちょっと露出は少ない方がいいんじゃないかな？　デザインも、可愛《かわい》い系《けい》の方が……そういう意味では、ブラックっていうのちょっと大人すぎる印象かもな……あとそれ、微妙にサイズが合ってなくないか？」

「めちゃくちゃ改善点が出てきましたわ⁉　めちゃくちゃ改善点が出てきましたわ⁉」

二回に亘《わた》って環が驚《おどろ》きを表明した。

「というか、どうして最初の段階でおっしゃってくださいませんの……⁉」

「いや、ほとんど俺の好みだし」

「兄様の好み以外に考慮《こうりょ》すべきことなどないに決まっているでしょう⁉　兄様が望むならわたくし、幼児用パンツなどでも喜んで穿《は》く所存ですのよ⁉」

「人を特殊性癖《とくしゅせいへき》みたいに言うなよ……」

「ノーパンノーブラ派になることも厭《いと》いませんわ！」

「てか、声がでけぇよ……！　俺がそういうのを強要してるみたいだろうが……！」

店内の女性たちの視線が刺《さ》さるのを感じて、庸一は声を抑《おさ》えながら注意する。

「まぁでも、なんだ。さっき言ったのは、ホント俺の好みだから。たぶん、無意識にお前のことをまだ子供扱いしてんだろうな。客観的に見ると、その……似合ってると思うぞ」

「兄様……」

次いで頬を掻《か》きながら照れ交じりに言うと、環は感極《かんきわ》まったように口元に手を当てた。

「ありがとうございますっ！」

その顔に、笑みが咲《さ》く。

「同じものを、この店の在庫にあるだけ全部買《か》い占《し》めますわね！」

「それは迷惑《めいわく》だからやめなさい……」

笑顔を輝《かがや》かせる環に、半笑いでそう返した。

「それでは、一旦《いったん》着替《きが》えます」

再び、フィッティングルームのカーテンが閉まる。

「あら……？　確かに、これは……ちょっと、サイズが……？　また、大きくなったようですわね……流石兄様、ご慧眼《けいがん》ですわ……」

カーテンの向こうから、そんな呟きが漏れ聞こえてきた。

（確かに、前世で見た時よりも大きくなってたような気がするな……）

何とは無しに、そんなことを思う。もちろん、肉親相手とはいえ……というか肉親だからこそ、前世の頃《ころ》にまじまじと見ていたわけではないが。逆に言えば、それでもわかる程に大きくなっていたように思えた。

（まぁ前世で死んだ時より一年分も成長してるんだし、当たり前ではあるか……つーかホント、客観的に見ればもう子供っぽさもほとんど消えたよなぁ……）

先程《さきほど》見た女性らしい肢体《したい》が、脳裏《のうり》に蘇《よみがえ》ってくる。

すると、妙に大きく心臓が跳《は》ねて。

（って、おいおい……妹相手に、何をドキドキしてんだ俺は……）

自らの胸を押《お》さえて、苦笑《くしよう》を浮かべた。

確かに、転生を経て血の繋《つな》がりがなくなった環のことをどう見ればいいのか悩んでいた時期もある。しかし、最終的には『やっぱり妹』だと結論付けたのだ。

（そう、環は妹……環は妹……）

にも拘らず……意識して自分にそう言い聞かせなければ胸の高鳴りが収まりそうにないのは、なぜなのだろうか。

「お待たせ致《いた》しました、着替え終わりましてよ」

そんな庸一の内心を知った風もなく、環がフィッティングルームから出てきた。

当たり前だが今度は下着姿ではなく、庸一はどこかホッとした気持ちとなる。

「ならば、次は妾《わらわ》の番じゃな」

環と入れ替《か》わる形で、今度は黒がフィッティングルームに入っていった。

「そういえば、光さん。貴女《あなた》、前世の頃はさらし派でしたわよね？　こちらでは、普通にブラを着けていますの？」

「いや、中学生の頃まではさらしで過ごしていたよ。ブラって、なんとなく落ち着かなくてな……ただ、高校生になってからは……」

環との雑談の中で、光がチラリと庸一の方に視線を向ける。

「あぁ、メスとして目覚めたんですのね」

「せめて色気付いたとか、そういう表現にしてくれないか⁉」

環から冷ややかな目を向けられた光が叫《さけ》んだ。

「だから君ら、そういう話は俺に聞こえないようにしてくれる……？」

もちろんそんな中、庸一は肩身の狭い思いをしている。

「す、すまない……！」

「ちなみに、わたくし現世では十歳《さい》でブラジャーデビュー！　以降、順調に成長しておりましてよ！　更《さら》なる成長にも期待なさっていてくださいな！」

　またも顔を赤くする光に対して、環はなぜか嬉々《きき》としてそんなことを報告してきた。

「着替え終えたぞ」

　そんな中、フィッティングルームのカーテンが開く。

「ほれ、お披露目《ひろめ》じゃ。刮目《かつもく》して見るがよい」

　現れた黒は、誰《だれ》に恥《は》じることもないとばかりに堂々とした仁王《におう》立ちであった。起伏《きふく》の少ない胸元《むなもと》を守るのは、紫《むらさき》を基調としたシンプルなスポーツブラ。ショーツも、横縞《よこじま》模様が入っただけの飾《かざ》り気《け》のないデザインだ。

「どうじゃ？」

　黒が、その薄《うす》い胸を大きく張った。

「黒は変わらないなぁ……うん、いいと思うぜ」

　そんな様を、微笑《ほほえ》みと共に眺《なが》める庸一。女性らしさが全面に出ているとは言い難《がた》い体形に、露出の少ない下着。実に心臓に優しい光景であった。

「不変的な美しさがある、っちゅーことじゃな」

　黒は満足げに頷《うなず》く。

「魔王、何気にポジティブシンキングだよなぁ……」

微塵《みじん》も崩《くず》れる様子のない自信に、光が微苦笑《びくしょう》を浮かべた。

「……ところで今、聞き逃《のが》せない言葉がサラッと出てきた気がするのですけれど」

その傍ら、環がゆらりと身体《からだ》を揺らす。

「『変わらない』と認識出来るということは、以前にも魔王の下着姿を見たことがある……と、いうことでしょうか？」

「ん？　まぁ、中学生の頃はたまにな」

特段思うところがあるわけでもなく、庸一は何気ない調子で返した。

「子供の頃って、そんなもんだろ？」

「いやぁ、流石《さすが》に中学生となるとどうだろうなぁ……」

庸一の言葉に、光が微妙《びみょう》そうな表情となる。

しかし前世から数えれば三十余年を生きている庸一の感覚としては――黒の見た目という要素もあるだろうが――中学生は十分に『子供』であり問題も感じていなかった。

「あちこち行ってると、別々に着替《きが》えられる場所があるとは限らなかったしな」

かつて己の『使命』を信じて暴れていた頃のことを思い出すと、苦笑が漏《も》れる。

「くふふ、同じホテルの一室で寝泊《ねと》まりしたことも一度や二度のことではないぞ？」

「っ⁉」

黒の言葉に対して、環が激烈《げきれつ》に反応した。

「兄様、本当ですのっ⁉」

「うん、まぁ」

「では、わたくしとホテルに泊まるのも問題ありませんわよねっ⁉　ねっ⁉」

「いや、そういう感じのホテルじゃないからな？」

「まだわたくし、どういう感じのホテルか言っておりませんわよ！」

「……じゃあ一応聞いてやるから、どんなホテルなのか言ってみ？」

「ＨＯＴＥＬ　ＥＤＥ……」

「うん知ってた、この数秒間完全に無駄《むだ》だったろ」

もの凄《すご》い勢いで迫《せま》ってくる環に、今度は半笑いが漏れた。

「ヨーイチ、十分その網膜《もうまく》に妾の姿を焼き付けたな？　妾、もう着替えるぞ？」

「はいはい、どうぞ」

場を掻き回《まわ》すだけ掻き回して、黒の姿はまたカーテンの向こうに隠れる。

「魔王、やけにあっさりだけど良かったのか？」

「別段、この場でなければ下着を見せられんわけでもあるまい？」

「君、結構大胆《だいたん》なこと言うよな……」

カーテン越《ご》しに、そんな会話を交《か》わす光と黒。

「普通のホテルでも構いませんので！　普通のホテルでも構いませんので！」

「そういう問題じゃねぇんだよなぁ……」

その傍ら、庸一は引き続き迫ってくる環の頭を押さえつけていた。

「ほれ、交代じゃ」

と、フィッティングルームから黒が出てくる。

「よ、よし、私の番だな……！」

ゴクリと息を呑《の》んでから、光が足を踏み出《だ》した。

その真剣《しんけん》な表情は、戦いに赴《おもむ》く『勇者』そのものである。

（こんなところでその表情を見たくはなかったけどな……）

平たく言えば勇者のファンであるところの庸一は、思わずまた苦笑を浮かべた。

その頃になってようやく環も落ち着きを取《と》り戻し、黒と雑談を始める。

「魔王は、ずっとスポブラですの？」

「そうじゃな、着脱《ちゃくだつ》が楽で良い」

「色気のないことですのね……」

「真の色気とは、着衣によって生まれるのではない。身体から滲《にじ》み出《で》るものじゃ」

「言っていることはそれっぽいですけれど、貴女が言うと説得力ゼロですわね」

「はぁん？　妾、色気の塊《かたまり》じゃろが」

「ふっ」

「鼻で笑うでないわ！」

隣で交わされる会話に、今度は庸一も何も言わなかった。言ったところで良い方向に働く二人でないことはわかりきっているためである。

「よ、よし、オーケーだ！」

先の二人と比べてやけに長かった待ち時間の後、カーテンの向こうから若干震え気味《じゃっかんふるえぎみ》の声が届く。が、しかしカーテンはピクリとも動かなかった。

「……光さん？　着替え終わったのでしたら、出てきてはいかがです？」

「何を勿体《もったい》ぶっとるんじゃい」

焦《じ》れた様子で環と黒が催促《さいそく》する。

「だ、だって……」

カーテン越しに聞こえてくる声の震えが、ますます増した。

「下着姿を庸一に見られるとか、恥ずかしいし……」

『はぁん？』

消え入りそうな声量の言葉を受けて、環と黒の声が重なる。

「お主、それ……今更言うんかえ？　最初からわかっとったことじゃろうが」

「いや、なんか勢いでいけるかなって思ってたんだが……」

「入浴中に襲撃《しゅうげき》されても全裸《ぜんら》で即時《そくじ》対応していた恥《はじ》の無さはどこに行きましたの？」

「流石に、その状況《じょうきょう》と比較《ひかく》するのはちょっと……あと、恥の無さって言わないでくれないか⁉　あの時は命が懸《か》かってたんだから仕方ないだろう！」

「ちゅーか、別に出たくなければ出んでもええじゃろ。そのまま服を着れば良い」

「そ、それは……なんというか、私だけ出遅《でおく》れる感じで避《さ》けたい……！」

「面倒《めんどう》くさい女ですわねぇ……」

光の返答に、黒と環は呆れ顔であった。

「ならもう、こっちで開けるからの？　さーん、にー、いーち」

「ま、待ってくれ！　自分のタイミングでいくから！」

なんてグダグダが、しばらく続き。

「よ、よーし……！　いくぞ……！」

ようやく、光の覚悟《かくご》も決まったようだ。

「せいっ！」

勇ましい掛け声《ごえ》と共に、カーテンが開く。

しかしその向こうから現れた光は、胸元と股《また》の辺りに手をやってモジモジと身体を捩《よじ》るという勇ましさとはかけ離れた姿であった。

けれど……あるいは、だから。

（綺麗《きれい》だな）

庸一は、素直《すなお》にそう思った。

光の身を包むのは、白を基調とした比較的《ひかくてき》簡素なデザインの下着である。装飾《そうしょく》は少ないが、それが逆に光の健康的な美しさを邪魔《じゃま》することなく引き立てていた。環に比べれば幾《いく》分膨《ぶんふく》らみが小さいとはいえ、身体のラインは十二分に女性らしいものだ。無駄な肉など少しもないように見える引《ひ》き締《し》まった四肢《しし》は、どこか肉食獣《にくしょくじゅう》のそれを彷彿《ほうふつ》とさせた。

「あ、その、庸一……」

しばしジッと眺めていた庸一は、光の声で我に返る。

「あんまり、ジロジロ見ないでもらえると……恥ずかしいから……」

「わ、悪いっ!?」

モジモジを加速させる光から、慌《あわ》てて目を逸らした。

「その、あんまり綺麗なもんだから思わず見とれてた！　下着もよく似合ってるし！」

動揺《どうよう》して、求められてもいない感想を口にする。

「えっ……？　そ、そんなに綺麗かな……？」

視界の端《はし》で、ピクリと光が顔を上げるのが見えた。

「あ、あぁ、すげぇ綺麗だった」

「で、でも私、ほら、筋肉質だし……」

「いや、むしろそれがいいんだよ！　ていうか、筋肉質っつーか程よく引き締まってるだけだし！　完全なバランスだよ！　力強さも感じられて、だけど荒々《あらあら》しさは少しもなくて……なんつーか、神々《こうごう》しささえ感じた！　女神《めがみ》様ってのが顕現《けんげん》したらこんな感じなのかと……って、すまん！　こんなこと言われてもキモいよな……！」

「い、いや、しょの、そんなことはないというか……むしろ、そう言ってもらえると……えっと、凄く、嬉《うれ》しい……でしゅ……」

「そ、そうか……？」

「う、うん……」

お互い赤くなった顔を背《そむ》けたまま、モジモジと会話を交わす二人。

「はーん、思っていた展開と違いますわ！　ここはもういいので、次に行きますわよ！　次っ！　さっ、光さん！　さっさと服を着てくださいまし！」

そこに、環が割り込んできた。

「お主……そのジャイアニズムは普通、妾のポジションの奴《やつ》が発揮するやつなんじゃないかえ……？　妾が言うのもアレじゃが……」

ツッコミを入れる黒は、若干引いた様子である。

「そ、そうだなっ！　急いで着替えよう！」

しかし、当の光本人はホッとした表情であった。

◆　◆　◆

その後も、林間学校に向けての買い出しは続いたわけだが。

それは例えば、寝間着《ねまき》を買う際のこと。

「兄様兄様！　わたくし、このスケスケのネグリジェにしようかと思うんですの！」

「お前、他の生徒にも見られるってこと忘れてないか……？」

「わたくしのセクシーな姿は、ご自分のものだけにしておきたいということですのね⁉」

はぁん、兄様の愛を感じますわぁ……！」

「うん、まぁ、もういいよそれで……」

「くふふ、ヨーイチはネグリジェなぞ妾ので見飽《みあ》きておるであろう？」

「別に見飽きるような類《たぐい》のもんでもないとは思うが……」

「はぁん⁉　聞き捨てなりませんわよ⁉　どういうことですの⁉」

「やかましいのぅ、ヨーイチと一緒《いっしょ》に泊《と》まることもあったとさっき言うたじゃろうが」

「ネグリジェとは聞いてませんわ⁉　ネグリジェとは聞いてませんわ⁉」

「そこ、二回言うほど重要か……？」

「よ、庸一はそういうのが好き……なの、か……？　だったら、私もチャレンジを……」

「えっ、光が……？　っ……⁉」

「あっあっ、どうして顔を背ける⁉　やっぱり私には似合わないから⁉」

「い、いや、想像しちゃって……その、俺には刺激《しげき》が強かったというか……」

「そ、そうなのか……？」

「すまん、気持ち悪いよな……」

「そんなことはない！　むしろ嬉しいさ！」

「そ、そうか……？」

「う、うん……」

「はいはーい！　雰囲気作るの禁止ですわ！　次の店に行きますわよ！」

それは例えば、洗面用具を買う際のこと。

「兄様兄様、お揃いの歯ブラシですわねっ！」

「いや、形もサイズも硬《かた》さも全部違わないか……？」

「歯ブラシという点は同じですのでっ！」

「お揃いの判定、クッソ緩《ゆる》いのぅ……」

「というか、君にしては珍《めずら》しいな？　庸一と揃えないのか？」

「デンタルケアは乙女《おとめ》の嗜《たしな》み、ここを妥協《だきょう》するわけには参りませんもの」

「そこはこだわるんじゃな……」

「……って、光さん？」

「な、何か？」

「貴女それ、兄様と全く同じ歯ブラシではありませんの！　どういうつもりですの⁉」

「た、たまたま手にとったのがこれだったというだけだが……？」

「そんなこと言って！　兄様の歯ブラシとの入れ替えを狙《ねら》っているのでしょう⁉」

「そこまでは本当に思ってない！」

「もしくは、お互いに自分の歯ブラシだと思って伸《の》ばした手が重なって『あっ……』ってなってちょっと照れ合う的なシチュエーションを狙っているのでしょう！」

「そんな具体的にも考えてない！　……けど、それはちょっといいかもしれない」

「光……」

「あっあっ、ごめん庸一！　今のはキモかったな！」

「い、いや別に、キモくはないから！」

「そ、そうかな……？」

「あぁ……」

「……ふふっ、なんだかさっきと逆の構図だな」

「ははっ、だな」

「はーい！　はにかみ合うのも禁止！　禁止ですわ！　あと、光さんの口のサイズですとヘッドはこのくらいの大きさの方がフィットしますわよ！　それと、わたくしたちの年齢《ねんれい》であればもう少し硬めがオススメですわ！　ほら実際に手に持ってみて、ちゃんと柄《え》が持ちやすいかも確認《かくにん》なさい！」

「あ、はい……」

「そこは普通にアドバイスするんじゃな……」

「それで構いませんわね!?　それでは、レジ！　そして次！」

それは例えば、リュックサックを買う際のこと。

「兄様、わたくしこれにします！　可愛いデザインですわぁ！」

「あぁ、いいんじゃないか？」

「くふ、露骨《ろこつ》に女子っぽさを狙いおって。あざといのぅ」

「はぁん？　何か文句でもありますの？」

「別段、お主の好きにすればよいと思うが？」

「微妙に引っ掛かる物言いですわね……」

「……よし、決めたぞ！　私は、これにする！」

「光、なんかやけに真剣に選んでたな？」

「収納道具は旅の肝《きも》だからな……耐久性《たいきゅうせい》と収納力、私の身体へのフィット感……などなど、諸々《もろもろ》の情報を総合して選んでいたんだ」

「そうか……」

「っ……！　な、なんだ、女子力が低いとか言うつもりか……⁉」

「いや、素晴《すば》らしい観点だ！　流石は俺の憧《あこが》れた勇者様だな！」

「え？　えへへ、そうかにゃぁ……？」

「ぐむむ……！　光さん、的確に兄様のツボを押《お》さえるとはなんとあざとい女……！」

「天ケ谷《あまがや》も、お主にだけは言われとうないと思うがな……」

「えーい、次！　次ですわ！　皆《みな》さん、さっさとお会計を済ませなさい！」


と、終始そんな感じであり。

「先程から、光さんばかり好感度を稼《かせ》いでいる気がしますわ……！　そのせいで、わたくしの好感度が全然上がらないではありませんの……！」

環のフラストレーションは、ガンガン上昇《じょうしょう》中といった様子であった。

「お主の好感度が上がらんのは、単に自業自得《じごうじとく》じゃと思うがな……」

その傍らで、黒が半笑いを浮かべる。

なお、そんな二人の視線の先では。

「やはり何があるかわからないし、私としては機動性を重視すべきだと思うんだが」

「何があるかわからないって意味では、ある程度は防御力《ぼうぎょりょく》も考慮した方がいいだろ」

「確かにな。こっちは鉄板入りか……攻撃《こうげき》にも防御にも使えそうだな……」

「とはいえ流石にそこまでいくと、いざって時に動きづらくないか？」

「ふっ、私を誰だと思っている？　どんな武具も使いこなしてこその勇者さ」

「ははっ、それもそうか」

靴の売り場にて、そんなことを話している光と庸一の姿があった。

「ぐむむ……！　兄様と、あんなにイチャイチャと……！」

「さほどイチャイチャとした雰囲気は感じんが……ちゅーか、靴を一つ選ぶだけで何を大げさに話しとるんじゃアヤツらは……」

なんて言っている間に選定も終わったらしく、光と庸一が振《ふ》り返《かえ》ってくる。

「……おっ」

環たちの方へと向かう途中《とちゅう》、庸一はふと帽子《ぼうし》コーナーに目をやって足を止めた。並んだ帽子の中から一つを手にとって、歩みを再開させる。

「これとか、環に似合いそうじゃないか？」

そして、それを環の頭に被《かぶ》せた。

黒を基調としたもので、てっぺんに付いた二つの突起《とっき》が猫《ねこ》の耳のように見える。

「割としっかりしてて、そこそこ防御力もありそうだしな」

もっとも、庸一はそういった可愛さ要素よりも防具要素を重視している節があったが。

いずれにせよ、環は目をパチクリと瞬《またた》かせ。

「はいっ！　ありがとうございます、兄様！」

パッと笑顔の花を咲かせた。

「魂ノ井は、どっちかっちゅーと犬ではないかえ？」

激しく振られる尻尾《しっぽ》を幻視《げんし》して、黒はそんなコメントを口にする。

「庸一関連以外は、割と猫っぽい気もするが」

光が真面目《まじめ》くさった顔でそう返した。

「うふふっ。わたくし、可愛く着られておりますでしょうか？」

「ははっ、何言ってんだ。環は何を着てても可愛いさ」

「まぁ、兄様ったら！」

一方の環と庸一は、ニコニコと笑ってそんな会話を交わしている。

「こちらの方が、よほどイチャコラしておると思うが……」

「なんというかこう……だいぶ先を走っていたはずなのに、一瞬《いっしゅん》で追いつかれたかと思えば遥《はる》か彼方《かなた》まで離《はな》された気分だな……」

そんな二人を眺めながら、半笑いを浮かべる黒と光。

一事が万事《ばんじ》この調子なので、結局大して買ったものもなかったのにこの日は丸一日が買い物のために費やされたのであった。

# 第三章 登山途中の騒動



林間学校の当日、バスに揺《ゆ》られること小一時間。

学校指定のジャージを着用した小堀《こぼり》高校二年生の面々は、近隣《きんりん》の山の麓《ふもと》に辿《たど》り着《つ》いた。

「ここに来るのも、久々だな……」

「兄様、前にもいらしたことがあるのですか？」

庸一《よういち》の選んだ猫耳帽子を載《の》せた頭が、小さく傾《かたむ》けられる。

「あぁ、一応何度か登ったことはある。ただ、今回使うような普通のハイキングコースはほとんど知らないから当てにしないでくれ」

「では、どうやって登ってらしたんですの？」

「主に獣道《けものみち》とかを通ってたな。俺《おれ》の場合は、修行《しゆぎよう》目的の『山籠《やまご》もり』だったからさ。こんだけ人里に近い山でも、人の手の入った道をちょっと外れると滅茶苦茶《めちゃくちゃ》『野生』だったりするんだ。感覚を鈍《にぶ》らせないためにはそういうとこに行くのが手っ取り早いからな。ま、流石《さすが》に向こうの世界に比べればヌルすぎだけど」

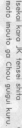

「流石兄様、サバイバル技術の向上にも余念がありませんのね！」

基本的に庸一全肯定《ぜんこうてい》ガールである環《たまき》は、ここでも庸一を褒《ほ》め称《たた》える。

「前々から思うとるんじゃが、ヨーイチの奴はこの現代日本でどういう生き方を想定してあぁいう鍛《きた》え方《かた》をしとるんじゃろな……」

「魔《ま》王《おう》と意見を同じくするのは遺《い》憾《かん》だが、それについては私も全く以《もっ》て同感だな……」

二人の傍らでは、黒《くろ》と光《ひかり》が半笑いを浮《う》かべていた。

「……んっ？」

とそこで、ふと光が何かに気付いたように片眉《かたまゆ》を上げる。

「すまない、皆。いいかな？」

真面目な調子の声に、三人の視線が光へと集まった。

「ちょっと、山を登る前に寄りたいところがあるんだ」

「だいぶ余裕《よゆう》のあるスケジュールになってるし、それ自体は別に構わないけど……」

疑問交じりに、庸一は周囲を見回す。

「寄るところなんて、あるか……？」

観光名所でもない普通の山なので、視界に入る建物といえばおまけ程度に設置されている寂《さび》れた売店小屋くらいだ。

「あそこの売店に」

果たして、光が指したのはその小屋であった。

「あれ、いつからあるのかわからない土産物屋《みやげものや》だぞ……？　正直、飲み物の賞味期限すら怪《あや》しいから買うなら自販機《じはんき》のにした方がいいと思うけど……」

「いや……どうしても行きたいんだ」

「うん、まぁ、そこまで言うならいいけど……」

先に言った通り時間に余裕はあるし、庸一としてもどうしても止めたいわけではない。

「にしても、何を買うつもりなんだ？」

とはいえ理由が気になって、そう尋《たず》ねた。

「うん、まぁ、ちょっと……」

しかし、なぜか光は曖昧《あいまい》に言葉を濁《にご》すのみ。

「……？」

「とにかく、行こう」

疑問符《ぎもんふ》を浮かべる庸一を置いて、光はさっさと歩き出してしまった。

残された一同も、顔を見合わせた後に続く。

「光のやつ、どうしたんだろうな……？」

「神託《しんたく》でも降りたのではありませんの？」

「なるほど？　ただ、こないだ神託もらった時とは雰囲気が違《ちが》う気がするけど……」

「いずれにせよ……少なくとも前世では、あの人の直感は馬鹿《ばか》に出来ないものがありました。とりあえずは様子を見守りましょう」

「だな」

庸一と環も少し表情を引き締め、頷き合った。

「お主ら、ナチュラルに前世トークを行動の指針にしよるよな……」

黒は呆れと戸惑《とまど》い半々といった顔である。

「ごめんください」

意外にもスムーズに動いたガラス戸を開けて、光が店内へと足を踏《ふ》み入《い》れた。

「っ……？」

それとほぼ同時に、黒が頭を押さえながらクラリとよろめく。

「どうした？　貧血か？」

「……いや」

素早《すばや》く黒の背中を支えながら尋ねると、黒は頭を押さえたまま首を横に振った。

「なんかこう、頭にピリッとした感じが走ってのぅ……」

「大丈夫《だいじょうぶ》か……？」

「……うむ、一瞬のことじゃ。今は大事ない」

そうは言いつつも、黒の表情にはどこか釈然《しゃくぜん》としていない雰囲気《ふんいき》が感じられる。

「無理はすんなよ……？」

「他《ほか》ならぬ妾が大丈夫じゃと言うとるんじゃ、問題ないに決まっておろう」

「そうか……？」

確かに顔色が悪いようにも見えず、庸一としても納得《なっとく》しておくことにした。

「んじゃ、俺らも行くか」

そう言いながら、店に足を踏み入れる。

まず感じたのは、古い建物の匂《にお》いだった。前世で、百年以上は放置されていたであろうあばら家で野宿をした時のことが思い出される。

（マジでこの店、いつからあるんだ……？　つーか、今この瞬間《しゅんかん》に潰《つぶ》れたりしないだろうな……？　物理的な意味で……）

冒険者《ぼうけんしゃ》の頃からの癖《くせ》で、危険がないか確認するためとりあえず周囲に視線を走らせた。

（ん……？　なんだ、あのやたらリアルな置き物……？）

ふと、店の奥《おく》の方に何かを見つけて凝視《ぎょうし》する。等身大の人形だろうか。老婆《ろうば》を模したそ

れは、やけにリアルな造形に見えた。その膝《ひざ》の上に乗っている猫は、時折動いていること
からどうやら生きている本物らしい。

……などと、観察していたところ。

「いらっしゃぁい」

「っ⁉」

人形……だと思っていた老婆がしわがれた声で喋《しゃべ》りだして、思わずちょっとビクッとな
った。辛《かろ》うじて声を出さなかったのは、冒険者時代に鍛えた胆力《たんりょく》のおかげといえよう。

微動《びどう》だにしていなかったので作り物かと勘違《かんちが》いしてしまっていたが、どうやらこの老婆
もまた生きた本物の人間だったようだ。

「十年ぶりのお客さんだねぇ」

「えぇ……？」

流石にそんなことがあり得るのかと、庸一は困惑《こんわく》の声を出した。

「ひゃひゃひゃっ、冗談《じょうだん》ですよ」

「あ、あぁ、そうでしたか……」

ワンチャン可能性があるかもと考えたことを、心の中で謝罪する。

「昨日……いや、一昨日《おととい》……？　もっと前でしたかねぇ……？　とにかく、お客さんが来

たことはありますよぉ……ええ、当然ねぇ……」

やっぱり、ワンチャン十年閑古鳥《かんこどり》もあり得る気がしてきた。

「えーと、それじゃあちょっと見させてもらいますね」

「ひゃひゃひゃっ」

愛想笑《あいそわら》いを返すとなぜか笑われて、またちょっとビクッとなる。

「冗談ですよ、冗談……」

「あ、はい……」

どうにも、ちょっとタイミングが取りづらい相手だった。

(それよりも、光は……っと)

本題へと頭を切《き》り替え、光の姿を捜《さが》す。

狭《せま》い店内なので、当然すぐに見つけることが出来た。

「えっ……？」

そして、彼女《かのじょ》の目の前に存在するものを見て思わず驚《おどろ》きの声が漏れる。

「おい環、もしかしてアイツ……」

「はい……一直線にあそこに向かって、そこから一歩も動いておりません……」

ずっと光を見ていたらしい環の表情は、戦々恐々《せんせんきょうきょう》としたものであった。

「まさか、あれを買う気だってのか……？」

「いかなアヤツといえど、そこまではあるまい……？」

普段飄々《ふだんひょうひょう》とした態度を崩すことが少ない黒でさえも、緊張《きんちょう》の面持《おもも》ちを浮かべている。

なぜならば。

光の目の前にあるのが、大きな壺《つぼ》に数本まとめて雑に放《ほう》り込まれた……『木刀』だったためである。男子中学生が修学旅行で思わず買ってしまうもの、ナンバーワン。そしてナンバーワンすぎて多くの学校で購入《こうにゅう》が禁止されているもののナンバーワンだ。

「買うのか……？」

「買うのでしょうか……？」

「買うんかえ……？」

三人が、ゴクリと喉《のど》を鳴らしてその後ろ姿を見守る中。

「……やはり君か、私を呼んだのは」

ポツリと呟《つぶや》いて。

「ご母堂」

光が、動いた。

「こちらを、いただこう」

その手にあるのは、並んでいた木刀の一本である。

『本当に行ったぁ……！』

三人の顔に浮かぶのは、「マジかこいつ……」という感情一色であった。

「ほぅ……それに目を付けるとは。娘《むすめ》さん、只者《ただもの》ではないね？」

キラン、と老婆の目の奥が光った……ような、気がする。恐《おそ》らくは気のせいだろう。

「……何か、曰《いわ》くでもあるのですか？」

光は、神妙《しんみよう》な顔で尋ねた。

「あぁ、実はそれはねぇ」

老婆も、真剣な表情で一つ頷く。

「あたしが嫁《よめ》に来た時からあるやつでねぇ。他の木刀がポツポツと売れていく中で数十年、いっっっっっ回たりとて手に取られたことすらないものなのさ！　ひゃひゃひゃひゃっ！」

そして、大きな笑い声を上げた。

「……そ、そうですか」

光は、何とも言えない微妙な表情である。

「それで、おいくらでしょう？」

「一本、五百円だよ」

老婆が、シワだらけの細い手をプルプルと開いた。

「無駄に良心価格なのが、逆にダメさを増長しておる気がするのぅ……」

「……というか魔王、なぜ木刀の相場を知っていますの？」

「ヨーイチが、中学の修学旅行で買っておったからの」

「いや、違うからな……!?　あれは、現地で武器を調達する必要があった時にちょうど手《て》頃《ごろ》だったからってだけで……！」

などと外野が騒《さわ》がしくしているうちに、光は会計を済ませたようだ。

「すまない、待たせた」

木刀を手にする表情は、晴れやかなものであった。

「ご母堂、お邪魔しました」

「ひゃひゃ、またのお越しをお待ちしておりまぁす」

老婆の笑い声に送られ、店を出る。

「ふんっ……！」

そして、光はその場で木刀を振るった。

前世の世界では有数の剣《けん》の達人としても有名だった光だ。その素振《すぶ》りには、確かに頂点に至るまでに磨《みが》き上《あ》げられた美しさのようなものが感じられた。

「……ふふっ」

光自身手応《てごた》えを感じたのか、小さく微笑《ほほえ》む。久方ぶりに凛《りん》とした雰囲気を纏《まと》っているのも相まって、最高峰《さいこうほう》の画家を以てしても切り取れないだろう神々しい光景に見えた。

……が、しかし。

「光、いくらなんでもそれは……」

「貴女《あなた》、メンタルが男子中学生ですわね……」

「ちゅーか、男子中学生でさえも流石《さすが》に修学旅行以外では自重すると思うんじゃが……」

周囲は、ドン引きである。

奇行《きこう》に走ることに定評があるこのメンバーの中にあって、ここまでドン引きさせた者がかつていただろうか……というレベルであった。

「ち、違うんだ！」

焦《あせ》りを全面に出して、光が大きく首を横に振る。

そうすると先程《さきほど》までの凛とした雰囲気も粉々に消え去り、そこにいるのは場違《ばちが》いに木刀を手にした単なる顔の良い女であった。

「だ、だって、なんか凄く手にしっくり来るんだ！　まるで、私のことを長らく待っててくれていたかのように……！　さっきだって、私のことを呼んだみたいで……！」

「お、おぅ……」

「光さん……その発言も、その……」

「お主、魂ノ井《たまのい》が口にするのを躊躇《ちゅうちょ》しとるっちゅーのは相当アレなアレじゃぞ……？」

一同の視線に宿る感情が、ドン引きから憐憫《れんびん》へと変化してきた。

「なぁ光、一時の気の迷いだよな？　な？」

「今から返品するなら、誰《だれ》にも言いませんわよ？」

「悪いことは言わんから、返品するが良いぞ？」

その口調は、子供を諭《さと》すようなものであり。

「い、嫌《いや》だ！　天光剣《てんこうけん》は、この世界での私の相棒なんだ！　さっきそう決めたんだ！」

光の口調も、何やら駄々《だだ》をこねる子供のようになってきた。

「お、おい、光……嘘《うそ》だろ……？　まさか……天光剣って……」

「名付けたん……ですの……？」

「しかも……すまぬ、言わずにはおれん……すまぬ……」

あの黒が、軽くではあっても頭を下げるという異常事態。

「その名前……クソダサじゃ……」

「自分の名字と名前がバッチリ入ってるところがポイント低いよな……」

「ですが、彼女が前世で聖剣《せいけん》に付けた名は『エルビィブレード』でしてよ？　それよりは、だいぶマシな響《ひび》きではなくて？」

「確かに、それよりはな……なんか、直球感が薄くなってるし……」

「じゃが待つが良い、それは漢字がなんとなく格好良さに寄与《きよ》しとるだけではないのかえ？　妾《わらわ》には、五十歩百歩に思えるのじゃが」

「ド直球に『光剣』とか名付けてないだけ幾分《いくぶん》成長が見られるのでは……？」

「いずれにせよ、己《おのれ》の姓名《せいめい》に救われるところは多分にあるのぅ」

「そういや、そのまま適用すると俺の場合は『平庸剣《ひらようけん》』とか『野一剣《のいちけん》』になるのか……」

「わたくしだと、『魂環剣《たまかんけん》』……タマカンケン？　中華《ちゅうか》料理屋さんでしょうか？」

「ふはっ、妾は『暗黒剣《あんこくけん》』じゃ。ストレートで逆に良くないかえ？」

「君たち、批判するのかイジるのか遊ぶのかせめて方向性を統一してくれないか⁉」

徐々《じょじょ》に談笑《だんしょう》の雰囲気になってきた一同に、光のツッコミが入る。

「そうだ、確かウチに名前辞典みたいなのがあったから今度貸そうか？」

「ネットでも、色々と参考に出来るサイトがあると思いますわよ？」

「なんにせよ、子供やペットに名前を付けることなどあればちゃんと両親とかに相談するんじゃぞ？　お祖父《じい》ちゃんかお祖母《ばあ》ちゃんでも良いでな」

「確かに方向性を統一しろとは言ったが、出来れば真面目な感じでアドバイスする方向で統一するのはやめていただきたかった……！　それ、一番心にくるやつだから……！」

どうやら、光の負っているダメージは甚大《じんだい》なものであるようだった。

「ま、まぁともかく……光の用事も済んだわけだし、さっさと行こうか」

気を取り直し、庸一は山道の方へと足を向ける。

「私へのフォロー的なものはないのか……」

力なく半笑いを浮かべる光。

「フォローも何も、完全なる自爆《じばく》でしょうに」

「ちゅーか、半ば強引《ごういん》にこの事態を招いておきながら図々《ずうずう》しい発言じゃな」

「この際もうフォローは無しでもいいから、せめて追撃《ついげき》はやめてくれないか⁉」

「……その木刀、山を登るのには便利そうだな？」

「これを使うくらいなら普通《ふつう》にトレッキングポール持ってくるよ！　でもなんとかフォローしようという心意気ありがとう庸一！」

こうして、他の班に遅《おく》れることしばらく。

ようやく庸一たちも、本来の目的である山登りを開始したのであった。

◆　◆　◆

当然のことではあるが、林間学校に参加しているのは庸一たちだけではない。

これは小堀高校二年生の面々のうち、とある男子生徒たちの様子である。

「前、誰もいないな……これは俺ら、一番いけんじゃね？」

「サッカー部とテニス部には負けんなって先輩《せんぱい》に言われてるからな……」

「ふっ、走り込みの数じゃ負けてねぇぜ？」

「レギュラー以外は走り込みばっかだからな……」

「それを言うなよ……」

そんな会話を交《か》わすのは、野球部に所属する五人だ。本人たちも言っている通り体力には自信があるようで、軽快に山道を登る顔に疲《つか》れは見られない。

「……あれっ？」

山の中腹に差《さ》し掛かった辺りだろうか。

一人が、何かに気付いたような声を上げて足を止めた。

「今、何か聞こえなかったか……？」

耳に手を当て、山中に目を向ける。

「何かって、何だよ？」

「つーか、そりゃ何かは聞こえるだろうよ。山なんだからさ」

「いや、そういう自然の音的な感じじゃなくて……何かが迫《せま》ってきてるような……」

同級生のツッコミに、少年は不安そうな顔で答える。

「おいおい、ビビらそうたって無駄《むだ》だぜ？」

「てか、後続が追いついてきただけじゃない？」

最初、彼《かれ》のことを笑っていた周囲であったが。

――ガサガサガサガサッ……！

彼らの耳にもハッキリと葉の擦《こす》れるような音が聞こえてくる段に至り、流石に顔が強張《こわば》ってきた。麓の方から聞こえるその音が、徐々に大きくなってくるのがわかる。

「確かに、何か……近づいてきてる……？」

「まぁ、動物くらいいるだろうし……」

「ただ、やけにデカそうな感じじゃない……？」

「小動物って感じではないよな……」

「イノシシとか……まさか、クマ……？」

全員の顔が青ざめ始めた。

「と、とりあえず、少しでも登ろう！」

一人の提案に、全員が頷《うなず》いて返す。それが正解なのかを吟味《ぎんみ》している時間も惜《お》しく、とにかくこの場から離れたい気持ちが強かった。

しかし、結果的に彼らのその行動は無駄に終わることとなる。

理由は、二つ。

一つは、彼らの移動よりも遥かに早くそれが追いついてきたから。

そして、もう一つは。

『うわぁぁぁぁぁぁぁぁぁぁぁぁぁぁぁ⁉』

ガサガサガサッ！

叫《さけ》ぶ彼らから少し離れた場所……山道ですらないそこを、飛び石の上でも行くかのように飛《と》び跳《は》ねながら物凄《ものすご》い勢いで『何か』が通り過ぎていったからだ。

結局、それが彼らに接触《せっしょく》することはなかったのである。

「い、今の、なんだったんだ……？」

一人が尻《しり》もちを突きながら、『何か』が通り過ぎていった場所を指した。

「わ、わからん……ものっそい勢いで駆《か》け上がっていったから……」

「ただ、なんか人っぽかったよな……？　二人？　いたっぽいけど……」

「あぁ、少なくとも四足歩行ではなかったと思う……」

なんて、顔を見合わせる中。

ガサガサッ！

『っ⁉』

またも茂《しげ》みが揺れて、『何か』が飛び出してきた。

今度の影《かげ》は一つ。先程の二つよりは幾分遅《いくぶんおそ》いようにも思えるが、やはり物凄い勢いであることに変わりはない。その正体を確かめる間もなく、瞬《またた》く間《ま》に通り過ぎていった。

「い、今のも……人？　だったよな……？」

「あぁ、たぶん……」

「さっきの二人？　よりは、ちょっとハッキリ見えたしな……」

「でもさ……今の、人？　なんか黒い羽？　みたいなのが背中に生えてなかった……？」

「あと、顔の辺りに……あれ、鼻だったのかな……？　やけに赤くて大きいのが……」

各々《おのおの》が記憶《きおく》に残っている情報を持ち寄る。

その結果、出た結論は――

◆　◆　◆

『天狗《てんぐ》だぁぁぁぁぁぁぁぁぁぁぁぁぁぁぁぁぁぁぁぁぁぁ⁉』

後方から、男子たちのそんな叫び声《ごえ》が聞こえて。

「うん……？」

「ほぅ……？」

庸一が首を捻《ひね》り、その背中の上で黒が興味深そうな声を上げた。

「ヨーイチ、天狗が出たようじゃぞ？　ちょっと戻《もど》って見に行ってみんか？」

「どうせ見間違《みまちが》いだろ……？　天狗なんてどうせいないんだし、行くだけ無駄だっての」

「なんじゃ、夢がないのぅ。前世だの魔法《まほう》だのと普段《ふだん》から騒いどるくせに」

「それとこれとは全く別の話だろ」

「何が違うっちゅーんじゃ……」

呆《あき》れた様子で返す庸一に、黒は半笑いでポツリと呟く。

と、そんな風に。

自分たちがその天狗と間違えられたとは露《つゆ》ほども思っていない二人であった。

なにゆえ、このようなことになっているのか。

時は、少し遡《さかのぼ》る。

◆　◆　◆

「妾は疲れたのである。ヨーイチ、おんぶするが良いぞ」

山道を登り始めてしばらく経《た》った頃《ころ》、黒がそんなことを言い始めた。

「お前、かなり体力あるんだからこんくらいじゃ疲れないだろ……」

庸一は呆れた調子で返す。中学時代、鍛えに鍛えていた庸一の無茶《むちゃ》に嬉々《きき》として付いてきていた程《ほど》だ。流石に魔王時代の無尽蔵《むじんぞう》とも思えたレベルには及《およ》ばないが、黒だって運動部にも劣《おと》らない程の体力は持ち合わせているはずである。

「ならば、言い直そう」

それは黒自身も認めるところではあるのか、特に否定することもなかった。

「妾は飽《あ》きたのである。ヨーイチ、おんぶするが良いぞ」

と、庸一に向けて広げた両手を差し出す。

「まだ一時間も経ってないんだが……」

光が苦笑《くしょう》を浮かべた。

「ちゅーか、何のために山なぞ登らんといかんのじゃい。どうせ後で下りるんじゃから、最初から登らんかったらええじゃろが」

「君、山登りの全《すべ》てを否定したな……」

「というか、だからといってどうして兄様におんぶなんていう話になりますの⁉　わたくしだって我慢《がまん》しているというのに！」

「我慢していたのか……」

　環の発言に、光の苦笑が深まる。

「しゃーないな、まったく」

　庸一も苦笑を浮かべながら、黒に背を向けてしゃがんだ。

「やってあげるのか、庸一……」

　光の苦笑が更《さら》に深まる。

「こうなった黒に対しては、説得するよりやってやった方が早いんだよ……ま、俺もただの山登りじゃ負荷《ふか》が足りないと思ってたからちょうどいい」

「はいはいっ！　兄様、それがアリならわたくしもおんぶを希望致《いた》しますわ！　兄様の背中は、わたくしこそが相応《ふさわ》しいのですから！」

　と、環が全力で何度も手を挙げて自己主張を始めた。

「まぁ確かに、環が一番背負い慣れてはいるけどさ」

無論、前世での……それも、幼い頃の話である。冒険者になるよりずっと前、それこそ疲れたとグズる妹をよく背負ったものだった。

それを思い出すと懐《なつ》かしく、庸一の口元は微笑みを形作る。

「そ、そういうことなら、私も……！　その……！　おんぶしてほしい……！」

そんな中、おずおずと光も小さく手を挙げた。

（こいつら……）

結局全員がおんぶを希望することとなった状況《じょうきょう》に、庸一は呆れ顔《がお》である。

（そんなに楽をしたいのか……？）

その思考のズレっぷりは、実に庸一であると言えた。

「ふむ、それではこういうのはどうじゃ？」

黒が、したり顔で人差し指を立てる。

「妾は、ただ登るのがつまらんと思うとっただけじゃからな。そこにゲーム性が加わるのであれば、登ってやるのも吝《やぶさ》かではない。ちゅーわけで……」

ニッとその口《くち》の端《はし》が上がった。

「どこか……そうじゃな、あそこに見える高い木辺りでよかろう。そこまでレースし、勝者がヨーイチの背に乗る権利を得るというのはどうじゃ？」

立てた人差し指で、少し先の頭が飛び出して見えている木を指す。

「その勝負、受けて立ちますわ！」

環が、自信ありげに腕《うで》を組んだ。

「ふっ……いいのか？　単純な身体能力なら、私に分があるんだが？」

光もまた、自信満々の表情である。

「身体能力で全てが決まると思っているから、貴女は脳筋と呼ばれるのです」

「そう呼ぶのは君だけなんだが……まぁいい。デカい口を利けるのも今だけだ」

視線を交わす二人の間に、バチバチと火花が散った。

「合図は、ヨーイチで良いな？」

一人、黒だけは涼《すず》しい顔である。

「もちろんですわ！」

「異存ない」

黒の提案に、二人は大きく頷いた。

「ほれ、ヨーイチ」

「わかったよ」

黒の目配せを受け、庸一も苦笑気味に頷く。

「それじゃ、ヨーイ……ドン！」

庸一が言い切ったと同時、光と環が見事なスタートを切った。

その時点ではほぼ互角《ごかく》に見えたが、やはりと言うべきか徐々に光がリードしていく。

……かに、見えたが。

「そこに漂《ただよ》う哀《あわ》れな動物たちよ！　その野生をわたくしに宿しなさい！」

そう唱えると環の足に黒い靄《もや》のようなものが絡《から》みつき、明らかに走るスピードが増した。

だけでなく……山道を外れて、ピョンピョンと軽《かろ》やかに跳躍《ちょうやく》。時に石の上、時に木の枝の上と、僅《わず》かな足場を利用して進んでいく。詠唱《えいしょう》内容からして、恐らく動物霊《れい》の力を宿して身体能力を底上げしているのだと推察された。

「だから君、なんで勝負事に魔法を持ち出すことに全然躊躇ないの⁉」

「ほほほほ！　持っている力を使って何が悪いというのです！」

「それたぶん悪役の台詞《せりふ》だからな⁉」

高笑いを上げる環が、驚愕《きょうがく》する光をグングンと突《つ》き放《はな》していく。

「くっ……そっちがその気なら……！　破魔《はま》の力よ！　脚部《きゃくぶ》に宿れ！」

叫ぶと同時に今度は光の足がぼんやりと輝《かがや》き、走るスピードがグンと増した。彼女もまた山道を外れ、大きく跳躍。障害物を避《さ》ける環と違ってある程度の枝や茂みは手にした木刀で切り払《はら》い最短距離《きょり》を進むストロングスタイルで、環の背中を追っていく。

一方その頃、黒はといえば。

「のぅヨーイチ、この辺りの草ってどれが食えるやつなんじゃ？」

レースに参加どころかスタート時点でしゃがみ込み、そこらの野草を観察していた。

「左から順番に、食える、食える、食えるけど不味《まず》い、食えるけど痺《しび》れる、食えるけど下手すると死ぬ、食える、食える、食えるけどたぶん死ぬ、ってとこだな」

順に指差しながら、庸一はそう解説する。この世界で野営する場合に備えて、野草に関する知識はかなり詳細《しょうさい》に詰《つ》め込んであった。

「不味いのはともかくとして、死ぬ可能性があるのを食える判定に入れるでないわ……」

「食えば、ワンチャン生き残れる可能性はあるからな。そのまま餓死《がし》するよりマシだろ」

「どんな状況を想定しとるんじゃ……」

「……って、んなことよりも。お前はスタートしなくていいのか？」

半笑いを浮かべる黒へと、疑問を投げかける。

「妾は基本、勝てぬ勝負は避けられるなら避ける主義じゃからな」

「まぁ、うん……」

意外にもと言うべきか、黒が勝ちに執着《しゅうちゃく》するタイプでないことを知ってはいたが。

（確かに俺《おれ》なら無理だけど、黒なら魔法を使えばあの二人にだって……）

そこまで考えて、思い出す。

（って、黒は絶対に魔法を使おうとしないんだよな……この世界で真っ当に生きようとしてる証拠《しょうこ》、ってこと……なの、かな……？）

転生後に出会ってからこっち、度々《たびたび》疑問には思っているものの、なんとなく尋ねる機会を逸《いっ》している庸一であった。

「さて、ヨーイチよ」

と、黒が立ち上がる。

「しゃがむがよい」

「うん……？」

言っている意味がわからず、庸一は首を捻った。

が、黒ともそれなりに長い付き合いだ。すぐにその意図に気付く。

「お前……最初から二人を遠ざけるつもりで勝負を持ちかけたな？　確かに、お前がわざわざレースを提案するなんてらしくないとは思ってたけど……」

「くふふ、ちゃーんと『次』の権利は勝者に譲《ゆず》ってやるわい」

ジト目を向ける庸一に、黒はイタズラを成功させた子供のような笑《え》みを浮《う》かべた。

「ま、今回は黒の方が上手だったってことだな……」

微苦笑《びくしょう》を浮かべながら、庸一はリュックを前に背負い直してからしゃがむ。

「ほら、乗れよ」

卑怯《ひきょう》だ、などと黒に言うつもりはない。戦いとは、あらゆる手段を使ってでも勝った者が正しい……とまでは言わないが、それに近い思想は持っているのだ。そういう意味では、環に近い価値観であると言えよう。兄妹《きょうだい》二人だけで厳しい世界に生きてきたがゆえに培《つちか》われたものなので、価値観が似るのも当然と言えば当然なのかもしれない。

「大儀である」

堂々とした態度で、黒が庸一の背に乗ってくる。

小柄《こがら》な体躯《たいく》に相応しい重量で、荷物分を加味しても負荷としては物足りないくらいだ。

「ゆっくりで良いぞ?」

「そういうわけにもいかんだろ……」

辿《たど》り着《つ》いた時の二人の怒《おこ》った顔を想像すると、苦笑が漏《も》れた。

「そんじゃ、行くぞ……っと!」

表情を引《ひ》き締《し》め、駆け出《だ》す。

(俺も、チャレンジしてみるか……)

早々に山道を外れ、環や光と似たような道を進むことにした。素早く周囲に目を走らせて足場になりそうな場所を見つけ、跳躍に次ぐ跳躍でスピードを落とさず進んでいく。

あの二人が魔法の補助を得ることで可能となったルート選択《せんたく》を肉体一つでやっているという時点でかなり凄《すご》いことなのだが、この場にその点を指摘《してき》する者は存在しなかった。環や光に比べれば劣るスピードであることもあって庸一自身は自分への評価が低かったし、黒は既《すで》にこの程度慣れっこであるためだ。

そのまま山を登り行くこと、しばらく。

「くぁ……」

背中越《ご》しに、あくびの声が聞こえてくる。

「これはこれで、退屈《たいくつ》じゃのぅ……」

「お前……この場で振《ふ》り落《お》とすぞ」

おんぶと言い出した本人からのまさかの発言に、庸一は乾《かわ》いた笑みを浮かべた。

「なんぞ、暇《ひま》を潰せるようなもんでもあったかのぅ……？」

後ろから、ガサゴソとリュックを漁《あさ》る気配が伝わる。

「結構揺《ゆ》れるんだから、中身ぶち撒《ま》けたりすんなよ……？」

「そんな間抜《まぬ》けではないわい……っと。くふふ、ええもんがあったわ」

ニンマリとした笑みを浮かべているのであろうことは、振り返《かえ》らずともわかった。

「ほれ、ヨーイチ」

と、何かが目の前に差し出される。

前方不注意にならない程度に視線を向けると、赤い物体が確認《かくにん》出来た。

「……ニンジン？」

今夜の夕飯の材料は各自が持ち寄ることになっているので、それがリュックに入っていることと自体は不思議ではない。が、差し出された意図がわからなかった。

「ほれ、鼻の前にぶら下げてやればやる気も出よう？」

「馬じゃねぇんだよ……っと」

浮かべかけた半笑いを引っ込め、口元を引き締める。

「そこの茂み、突っ切るからしっかり掴《つか》まっておけよ」

「うむ」

庸一の首に回された腕に籠《こも》る力が、少し強まった。しかし、ニンジンは目の前に差し出されたままである。その徹底《てってい》っぷりに、今度こそ半笑いが漏れた。

とにもかくにも、ガサガサッと茂みを突っ切り——

そうして、『天狗』シャウトを経て現在に至るわけである。

庸一と黒は終《つい》ぞ気付くことはなかったが、宙に舞《ま》う黒の髪《かみ》が翼《つばさ》に、庸一の前に差し出されていたニンジンが赤い鼻に見間違えられた形であった。

そうとは露知らず、黒を背中に乗せた庸一はゴール地点である木を目指す。

◆　◆　◆

『あーっ⁉』

程なく辿り着こうかというところで、前方からそんな叫びが聞こえてきた。

木の下には、庸一たちの方を指差してワナワナと震《ふる》える環と光の姿が。

「魔王《まおう》、それはどういうことですの⁉」

「露骨《ろこつ》な抜《ぬ》け駆《が》けじゃないか！　説明を求める！」

果たして庸一の予想通り、二人は怒《いか》り心頭といった様子であった。

「くふふ、妾はおんぶ初回の権利を賭《か》けるとは一言も言うとらんぞ？　お主らは、妾の次の権利を巡《めぐ》って争っていたわけじゃな」

「ぐむむ、詭弁《きべん》を……！」

ドヤ顔で言う黒に、光が悔《くや》しそうに歯噛《はが》みする。

「……ま、過ぎたことを言っても仕方ありませんわね。魔王の企《たくら》みを見抜《みぬ》けなかったわたくしたちにも落ち度はありますわ」

他方、環は意外な程にあっさりとそう認めた。

やはり、彼女も勝つためなら手段を選ばないタイプであるがゆえだろう。

「それより、兄様！　今回の勝負はわたくしが勝ちましたのよ！　さぁ、おんぶしてくださいまし！　さぁさぁさぁ！」

あるいは、早くその権利を行使したかっただけなのかもしれないが。

「ほほほっ！　魔王と光さんは次の権利を巡って醜《みにく》く争うが良いですわ！」

自分が勝者になった途端《とたん》に、この態度である。

「ちょ、ちょっと待て！　順番的に、次は私だろう⁉」

「あらあら？　光さん、戦う前から敗北宣言ですの？」

「そ、そうは言わんが……！」

「なにしろ、『勇者』ですものねぇ？　『魔王』には負けませんわよねぇ？」

環は、完全に光で遊ぶモードに入っているようだ。

「む、無論だ！」

そして、光はチョロチョロしくその策略に乗せられていた。

「いや、妾はもうえぇわい」

『え？』

しかし黒の発言に、二人の声が揃《そろ》う。

「ちゅーか、アレじゃよな？　お主ら、おんぶとか子供っぽいと思わんのかえ？」

「君、どの口で……」

言い出しっぺの物言いに、光が乾いた笑みを浮かべた。

「いいえ、全く思いませんわね！　というわけで兄様、おんぶを！」

対する環は、誰憚《だれはばか》ることもないとばかりに堂々と胸を張っている。

「はいはい」

庸一は、微苦笑を浮かべながら環に背を向けしゃがんだ。

「それに、ヨーイチにおんぶしてもらうなぞ特別なことでもなんでもないしのぅ？」

ニヤニヤと笑う黒の言う通り、実際庸一が黒を背負う場面はこれまでにも度々存在している。今回のようにめんどいからという理由のこともあったし、急ぐ必要が生じた際に庸一から申し出ることもあった。黒の身体能力も一般的《いっぱんてき》に見ればかなり突出《とっしゅつ》している部類なのだが、現世においては庸一の方が上なのである。魔法による補助もなければ、という注釈は付く——と、少なくとも庸一は思っている——が。

「ちょいちょい魔王から出てくる、現世における兄様との付き合いの長さアピール……毎度イラッとしますわね……！」

「わかる……！」

ビキリとこめかみに血管を浮かび上がらせる環の言葉に、光もうんうんと頷いた。

「まぁ今はそんなことよりも、兄様との密着タイムですわぁ！」

だが庸一の背に乗った瞬間《しゅんかん》に環の不機嫌《ふきげん》さは嘘のように消え去って、とろけ顔となる。

「兄様の匂《にお》い兄様の匂い兄様の匂い……！」

「鼻息が荒《あら》い……首筋に当たってくすぐったいから、もうちょい自重してくれ……」

「はいっ！　兄様が言うならわたくし、永久に息を止めましてよ！」

「そこまでは言ってねぇよ……止めるなよ？」

放っておくとマジで息を止めかねないので、一応釘《くぎ》を刺《さ》しておいた。

「さて、それでは……魔王の実績を鑑《かんが》みて、わたくしの番はあそこのあまり木が生えていない辺りくらいまででいいですわね？」

立ち上がる庸一の背中の上で、環が前方を指す。

「まぁ、ええんじゃないかの？」

「異存ない」

黒がどうでも良さげに、光が真面目《まじめ》くさった表情で頷いた。

「そして……もう勝負する必要はなくなったのですから、走る理由もありませんわよね？　兄様、ゆっくり参りましょう」

「待て待て待て！」

しかし、続いた環の発言に光は慌《あわ》てた様子で手の平を突き出す。

「流石《さすが》にそれは認められないぞ！　まぁ、ゆっくり行くこと自体はいいが……それなら、距離ではなく時間を基準にすべきだろう」

「チッ……流石の光さんも、これには騙《だま》されませんでしたか……」

「君、私のことを何だと思っているんだ……？」

「わざとかってくらい魔王軍の罠《わな》に尽《ことごと》く嵌《は》まろうとしていたお間抜けさんだと思っていますけれど。貴女、わたくしが止めなければ何度死んでました？」

「そ、その件については感謝しているけど……」

白い目を向けてくる環に、光はしどろもどろになった。

そんな二人を見て、思う。

（なんだかんだ言って、環にとって光は特別な存在だよなぁ……）

環がここまで気安い態度を取る相手など、前世まで遡っても他には思いつかなかった。

黒に対するものとも、明確に違《ちが》うように思える。もっともこれに関しては、黒と比して光に隙《すき》が多すぎるからではないかという可能性も否定は出来ないが。

「お主ら、前世トークが始まるとすぐに話が脱線《だつせん》する癖《くせ》どうにかせぇよ……？」

黒が呆れ顔で肩《かた》をすくめる。

「時間を基準にするっちゅーことは……さっき、妾がおぶさってた時間は十分くらいじゃったかのう？　魂ノ井、そんなもんで良いか？」

「いえ、正確には十分十四秒でしたわよ！　同じ時間だけ、キッチリ兄様の背中は独占《どくせん》させていただきます！」

「……数えとったんかえ？」

「兄様の傍《そば》を離《はな》れている間は一日千秋の想《おも》いすぎて、半ば以上無意識に脳内でカウントが始まってしまうのです」

「なにそれ怖《こわ》いんじゃが……」

平然と言う環に、黒はドン引きの表情であった。

「なら、今回の時間については私の時計で計ろう」

一方の光は環のこういった部分にも慣れているようで、比較的《ひかくてき》平静な表情で自身の腕時計に目を落とす。デジタルのそれは、タイマーの機能も有しているようだ。

「今から十分十四秒……スタートだ」

光がボタンの一つを押《お》すと、ピッと音が鳴ってカウントダウンがスタートした。

「どうにかこの至福の時間を長く続ける方法はないものでしょうか……光さんと魔王を気絶させれば……？　いえ、光さんは不意打ちでいけるとしても流石《さすが》に魔王と事を構えるのは避けたいですわね……では……そう、時間という概念《がいねん》を超越《ちょうえつ》するというのはどうでしょう……？　四次元の存在に至れば……はぁん、しかし兄様の背にいながらこんな雑念は良くないですわね……！　二律背反……！　嗚呼《ああ》、わたくしどうすれば……！」

「それじゃ、出発するぞ。環、気を散らして落ちるなよー？」

「お主、相変わらずのスルースキルじゃな……」

「というか君の妹、サラッと人の枠《わく》を超《こ》えることを検討していないか……？」

ブツブツと呟《つぶや》く環に言及《げんきゅう》することもなく歩き出した庸一に、半笑いを浮かべる黒と光。

そんなこんなで、登山は再開された。

◆　◆　◆

それから、およそ十分の後。

「よしっ、十分十四秒経過したぞ！」

ピピピッと鳴った腕時計《うでどけい》を、光が掲《かか》げる。

「次は私の番だ！　さぁ環、そこを譲ってくれ！」

「……仕方ありませんわねぇ」

露骨に残念そうな顔ではあったものの、環は素直《すなお》に庸一の背中から下りた。

「それじゃ、庸一……」

「あぁ、乗ってくれ」

庸一が、今度は光に背を向ける形でしゃがむ。

「よーし……！」

気合いの入った顔で、そのすぐ後ろに立ち。

「よ、よーし……！」

そこで、光の動きが止まった。

「……お主、何をしとるんじゃ？」

黒が、不思議そうに眉根《まゆね》を寄せる。

「光さんは、妙《みょう》なところでヘタレる傾向がありますから……大方、今更《いまさら》ながらに躊躇《ちゅうちょ》しているのでしょう」

「ほーん？　言うておんぶ程度、そこまで考え込むようなことかえ？」

「まぁ、これで『勇者』を名乗っているのですからお笑い草ですわよねぇ」

「いや、設定の話はもうえぇんじゃが……」

「え？　なんですって？」

「なんでお主ら、そこだけは頑《かたく》なに聞こえないんじゃい⁉　百歩譲ってこないだのアイコンタクトはしゃーないとしても、今回に至っては普通の声量で喋っととったじゃろ⁉」

なんて傍《かたわ》らのやり取りにも反応せず、光はその場で固まったままであった。

「光さん、いい加減にしてくださいまし。もうカウントを開始してしまいますわよ？」

「ま、待ってくれ！　今行くから！」

しかし焦《じ》れた調子で環が急《せ》かすと、慌てた表情でそう返す。

「よ、よーし……！」

「そのくだりはもうえぇっちゅーんじゃい」

「開始、三秒前……二……一……」

同じ流れのリピートになると踏《ふ》んだか、環が問答無用でカウントダウンを開始する。

「わ、わかったって……！　……えいっ！」

それがきっかけになったらしく、光はガバッと勢いよく庸一の背中に抱《だ》きついた。

「……うっ」

その瞬間ピクリと頬を動かして、今度は庸一の方が固まる。

「あっあっ、すまない！　私、重かったか⁉」

「い、いや、それは全然大丈夫《だいじょうぶ》！　むしろ思ったより全然軽いから！」

「そ、そうかな……？　でも私、筋肉質だし……」

「その分、脂肪《しぼう》が少ないいんじゃないか……？　一部……」

一部を除いて、と言いかけた庸一は慌てて口を噤《つぐ》んだ。

（わかっちゃいたけど……やっぱ、光も結構あるよな……）

それこそが、思わず固まってしまった原因だったためである。

背中に当たる柔《やわ》らかい感触《かんしょく》を、どうしても意識してしまうのだった。そして、そこから連想して先日の下着姿を思い出し……頬が熱を持っていくのを自覚する。

「一部、がどうしたんじゃ……？」

途中《とちゅう》で言葉を切った庸一を不審《ふしん》に思ってか、黒が首を傾《かし》げた。

「兄様、光さんよりわたくしの方が圧倒的《あっとうてき》に大きいのですよ⁉　魔王に反応しないのはともかくとして、なぜわたくしには反応せず光さんにだけ反応するのです⁉」

しかし流石と言うべきか、環には見抜かれているようだ。

「あぁ、そういう……ちゅーか、サラッと流れで妾《わらわ》をディスるでないわ」

黒も、納得《なっとく》した様子である。

「い、いや、チガウヨ……？」

とりあえず否定はしたものの、声が裏返ってむしろ肯定《こうてい》する結果となってしまった。

「よ、庸一……私のことを、女性として意識してくれているんだろうか……？」

恐《おそ》る恐るといった様子で、光が尋《たず》ねてくる。

「ま、まぁ、そりゃ……光は、女性なわけだし……」

恥《は》ずかしくはあったものの、庸一も流石にこれ以上否定するのは無理と判断した。

「そ、そうか……！　嬉《うれ》しいよ……！」

「う、嬉しい……のか……？　なら、いいんだけど……」

友人に不純な感情を抱いたことを軽蔑《けいべつ》されるかと思っていたので、戸惑《とまど》いつつも少しホッとする庸一である。

「ぐむむ……！　今まで、ぶっちゃけ光さんは安牌《あんパイ》かと思っていましたけれど……まさか、付き合いの短さが逆に有利に働いていると言いますの……!?　そういえば、子供の頃から知っている相手は異性として見づらいという話を聞いたこともありますし……！」

照れ合う庸一と光の姿を見て、環は血の涙《なみだ》を流さん勢いで歯噛みしていた。

「いや、ヨーイチとの付き合いの長さで言うと今年会《お》うたお主が一番短いじゃろ……」

「今更何を言っていますの⁉　前世も含《ふく》めているに決まっているでしょう⁉」

「じゃから、設定の話と現実の話は切り分けよと言うとるんじゃが……」

「え？　なんですって？」

「お主それもう、絶対わざと言うとるじゃろ⁉　ちゅーかわざとじゃないとすれば、どんな力が働いとるっちゅーんじゃい⁉」

そんな二人の会話も、動揺《どうよう》する庸一の耳には届いていない。

「それじゃ、立つけど……いいよな？」

「うん、もちろんだ」

「よっ、っと」

「あっ……」

「ん……？　悪い、変に揺《ゆ》れちゃったか……？」

「あっ、いや、その……やっぱり、男の人は力強いなって思って……」

「そ、そうか……」

というか、光とのやり取りでいっぱいいっぱいになっていた。

「えーい、なんだか初々《ういうい》しい空気を出すのはおやめなさい！」

そこに、環が割り込んでくる。

「兄様、ここから先はダッシュでいきましょう！　余計なことを考えずに済むよう、全力で！　光さんも、それでいいですわね⁉　いいとおっしゃいなさい！」

「お主……マジで、いっぺん客観的に見た場合の自分の好感度的なもんについて考えを巡らせた方がえぇんじゃないかえ……？　言うとくがこれ、ガチの助言じゃからな……？」

と、そんな風に。

ただ山を登るだけでも、相変わらず騒《さわ》がしいメンツであった。

第四章 転生魔王の不安

結局、争いの種にしかならないということで——主に環《たまき》のゴリ押しにより——庸一《よういち》によるおんぶ制度は一周したところで廃止《はいし》され。

その後は一同、普通《ふつう》に登山に臨《のぞ》んだ。なお、途中のダッシュによって大幅《おおはば》に時間を短縮したこともあり、光《ひかり》の木刀騒動《そうどう》でだいぶスタートが遅《おく》れていたにも拘《かかわ》らず山頂には一番乗りであった。というか常識外のタイムで踏破《とうは》したせいで、一部の教師陣《きょうしじん》から不正を疑う声が上がった程である。が、クラス担任を中心に庸一たちを知る教師たちからの——全員半笑いでの——擁護《ようご》によって最終的には事なきを得た。問題があるとすれば、想定よりもだいぶ早く着いてしまったため、滅茶苦茶《めちゃくちゃ》に時間を持て余すことになったくらいである。

もっとも、それに関しても。

「こんなこともあろうかと、ほれ」

黒《くろ》が取り出したバドミントンのラケットとシャトルによって、解決しそうであった。

「流石だな黒、準備万端《ばんたん》じゃないか」

「くふふ、妾は何よりも退屈を嫌《きら》うからのぅ」

庸一の言葉に、黒がニンマリと笑う。

「そう……退屈は、嫌いじゃからな」

しかしその笑みが更に深まったのを見て、庸一は若干《じゃっかん》嫌《いや》な予感を覚えた。

「まずは、魂ノ井《たまのい》と天ケ谷《あまがや》からどうじゃ？」

かと思えば、笑みをニコリと綺麗《きれい》なものに変えてラケットを二人に手渡《てわた》す。

その笑みはあまりに綺麗すぎて、『らしくない』と言わざるをえない。

「それで、勝った方が次にヨーイチと対戦すれば良かろう」

「あらぁ、いいですわねぇ？」

「あぁ、レクリエーションとしてはちょうどいい」

黒の提案に対して、環と光が軽い調子で応じた。両者共特に思うところはなさそうに笑っており、一見すれば単純にレクリエーションを楽しもうとしているかのような表情だ。

「……お前ら、あんま無茶すんなよ？」

それが逆に嫌《いや》な予感を加速させ、庸一はやや硬《かた》い表情で注意した。

「ご安心を、兄様。ただの遊びですわよ」

「そうとも、何を心配することがあるものか」

環と光の表情も、爽《さわ》やかなものである。

そう、胡散臭《うさんくさ》い程《ほど》に。

「……一応言っとくけど、魔法《まほう》は禁止な？　えらい勢いでシャトル飛ばされたりしたら、どこに被害《ひがい》が及《およ》ぶとも限らんし」

庸一の言葉に、二人がピクリと一瞬《いっしゅん》反応した。

「ほほほ、もちろん魔法を使うつもりなんて最初からありませんことよ？」

「そ、そそそそそ、その通りだ」

環は涼しい顔を保っているが、光は露骨に動揺《どうよう》した様子でダラダラ汗《あせ》を流している。

「あら光さん。随分《ずいぶん》と動じてらっしゃるようですけれど……まさか『勇者』ともあろうお方が、卑怯な手をお使いになるつもりだったので？」

「君が毎回真っ先に魔法を使うからそれに対する心構えをしていたんだが⁉」

挑発《ちょうはつ》する環に対して、突っ掛《か》かる光。

「はいはい前世前世。ええから早《はよ》う始めて、妾を楽しませい」

「ついに本音が出たな……」

面倒臭《めんどうくさ》そうに手を振る黒に対して、庸一は小さく嘆息《たんそく》する。

「……それはそうと光さん。それ、流石に置いていってはどうですの？」

とそこで、素《す》の表情に戻《もど》った環が光の手元に目をやった。

右手にはラケット、そして左手には未《いま》だ木刀が握《にぎ》られている。

「いや、なんとなく手放すと落ち着かなくて……」

「まぁ、光さんが良いというのなら良いのですけれど……」

庸一からしても邪魔《じゃま》にしかならんだろうと思えたが、なぜか光は最初からこの木刀に対して は強い執着を見せているので、特にコメントせずスルーしておくことにした。

◆　◆　◆

なんてやり取りが交《か》わされてから、少し後。

「ぜぇ……はぁ……」

「ようやく山頂か……」

「結局、だいぶ遅《おそ》くなっちまったぜ……」

「途中、山道を見失いかけたからね……」

「天狗《てんぐ》のせいでな……」

野球部所属の男子五人が、息を切らしながら山頂に辿り着いていた。

『……？』

そして、周囲を見渡《みわた》して顔に疑問を表す。

「なんか、全然人いねぇな？」

「普通、山道に続くこの辺りが一番人だかり出来るもんだと思うけど……」

「てか、向こうの方が騒がしくね？」

「ホントだ、人だかり出来てる」

「妙に盛り上がってるけど、何があるってんだ……？」

一同、首を捻《ひね》りながら人が集まっている方に向かった。

多数の生徒たちが円状に何かを囲んでいるようで、近づくにつれ熱気が伝わってくる。

「なぁおい、これって何なんだ？」

観衆の中に知り合いの顔を見つけ、野球部の一人がその肩をポンと叩《たた》いた。

「んっ……？　おぉ、なんだお前らか。つーか、思ったよか全然遅かったな？　だいぶ前から、一番乗り取るって息巻いてたのにさ」

振り返った男子が五人の姿を認め、片眉《かたまゆ》を上げる。

「いや、それが聞いてくれよ！」

「俺ら、すげぇもんに遭遇《そうぐう》しちゃったんだ！」

「そのせいで、到着《とうちゃく》が遅れたわけなんだけどさ……」

「なんだと思う？」

「天狗だよ、天狗！」

と、五人が前のめりとなった。恐らく誰《だれ》かに話したくて仕方なかったのだろう。

「天狗……？」

それを聞いた男子は、眉根を寄せる。

しかし、それも一瞬のこと。

「いや、そんなことよりさ……」

『おぉい⁉』

再び前へと視線を戻そうとする彼《かれ》を、五人で一斉に止めた。

「そんなこと、じゃねぇよ⁉」

「天狗だよ、天狗！」

「あっ、お前さては信じてないな⁉」

「言っとくけど、マジだぞ⁉」

「俺らがこんだけ必死で言ってることから察しろ！」

ヒートアップして、口々に抗議《こうぎ》する。

「いやまぁ、別に疑っちゃあいないけどさ」

「それはそれでどうかと思うが……」

素直に受け入れられたら受け入れられたで、思うところはあるようだ。

「だけどな？　いいか、聞けよ？」

それに対して、男子は神妙《しんみょう》な表情で人差し指を立てる。

「天狗ったって、所詮《しょせん》はオッサンだ」

「天狗をオッサンと称《しょう》するなよ⁉　なんか結構若かった気もするし！」

思わぬ方向からの物言いに、五人組の一人が目を剥《む》いた。

「オーケーオーケー、なら訂正《ていせい》しよう」

したり顔で、男子は首をゆっくりと横に振る
「若くても老《ふ》けてても、天狗なんて所詮は空飛んだり突風《とっぷう》とか土砂《どしゃ》崩《くず》れとか起こしたり人を迷わせたり藁《わら》人形を使役《しえき》したり火の玉飛ばしたり出来るだけの鯖嫌《さばきら》い系男子だろ？」

「そんだけ出来たらだいぶ凄いだろ⁉」

「ていうか、天狗について詳《くわ》しいな……⁉」

「天狗、鯖が嫌いなんだ……」

だんだん、五人組の方が微妙《びみょう》な面持《おもも》ちとなってきた。

「だが、こっちは女子だ。しかも、可愛《かわい》くて凄い女子だ」

「いや、何があるのか知らんけど流石に天狗の方が凄いだろ……」

自信満々に言い切る男子に、一同ちょっと押され気味である。

「いいから、見てみ？　実際に見てみればわかるから」

と、男子が身体《からだ》をズラした。

半信半疑……というか九割疑いの目で、五人が覗《のぞ》いた先では——


「ふっ！」

環が、鋭《するど》いスマッシュを放つ。

「はっ……！」

かなり際《きわ》どいコースだったが、光がギリギリで追いついて返す。

そんな、激しい応酬《おうしゅう》が既に数十分は続いていた。

の、だが。

「ほっ！」

再び、環がスマッシュ。

シャトルは、一直線に光の方へと飛んでいき……途中で、カクッと軌道《きどう》を変えた。

「くっ……！」

完全に虚《きょ》を突《つ》かれながらも、光は抜群《ばつぐん》の反応速度を見せ跳《と》びついてリターン。

「いや、ていうか……！」

息を切らしながら、環に目を向ける。

「これ、絶対魔法《まほう》使ってるだろ⁉　さっきからありえない軌道なんだが⁉」

「はぁん？」

光の抗議に対して、環は涼《すず》しい顔であった。

『『勇者』ともあろうお方が、無辜《むこ》の民《たみ》に疑いを向けるんですの？　わたくしから魔力が放出されていないことくらい、貴女《あなた》ならよぉく見えているでしょうに」

「た、確かにそうなんだよなぁ……ということは、環はテクニックで軌道を変えているということに……？　けど、不自然な回転も見られないし……」

「ほほほ！　わたくしほどの死霊術《しりょうじゅつ》使いともなれば、自らの魔力を行使せずとも霊《れい》の方がこちらの意図を察して勝手に動いてくれるのですわぁ！」

「やっぱり卑怯な手を使ってるんじゃないか⁉」

「その物言いは心外ですわねぇ？　『魔法を使わない』というレギュレーションは遵守《じゅんしゅ》しておりますもの。おほほほっ！　ルールはきちんと確認しないといけませんわよぉ！」

「くっ……！　最初からこのつもりだったのか……！」

ギリ、と光は歯を食いしばる。

「だが……！　ならばこちらは……！」

環にリターンした直後、ネット代わりに張ってある紐《ひも》の方へと猛《もう》ダッシュ。

「二刀流だぁ！」

「んなぁっ⁉」

返ってきたシャトルを、未だ手にしていた木刀で叩きつけた。

「ちょっと光さん、それこそルール違反《いはん》ですわよ⁉」

「ふははは！　実は、バドミントンの公式ルールでは二刀流は禁止されていないのだ！」

「いえそちらではなく、木刀の使用が！」

「だが、今回の取り決めでは木刀を使ってはいけないとは言わなかったろう！」

「くっ……！　普通に公式ルールの方でラケットについての規定は定められていると思うのですけれど、あまり詳しくないので確固たる反論はしづらいですわね……！」

今度は、環の方が歯噛みする。

「とはいえ、二刀流如《ごと》きでわたくしの有利は揺らぎませんわよ！」

環の打ち返したシャトルが、またひょろんと不規則にその軌道を変えようとするが。

「せやっ！」

変化しきる前に、今度はラケットによって叩き落とされた。

「ならっ……！」

今回はそこまで予想していたのか、環は大きく反対方向にリターンする。

「ふんっ！」

しかし次は木刀の方で、またも撃《う》ち落とされた。

「これで、私の守備範囲《はんい》は二倍近く！　勝負はこれからだ！」

「普通に考えれば、片手で木刀なんて振《ふ》り回《まわ》せるものではないというのに……！　魔法の補助すらなく成《な》し遂《と》げる身体能力に、仮にも普通の女子として過ごしてきた十数年間の記《き》憶《おく》がありながらその発想に辿《たど》り着《つ》く脳筋思考……！　まさしく『勇者』そのもの……！」

「身体能力はともかく、『勇者』と『脳筋』をイコールで結ぶのはやめてくれないか!?」

「貴女、この状況《じようきよう》でそれを言います……!?」

なんて言いながらも、長い長いラリーは続いている。

二刀流を誇《ほこ》って余裕《よゆう》を見せた光ではあったが、実のところ守備範囲が多少広がったところで打ち返すだけで精一杯《せいいつぱい》。対する環も打ち終わってから霊による軌道変更《きどうへんこう》が可能というアドバンテージはあるものの、反応速度の限界を強《し》いられているためか苦しそうである。

結果として、一進一退の攻防《こうぼう》が果てしなく繰《く》り返《かえ》されるのであった。

といった場面を、目撃《もくげき》し。

『確かに天狗より凄《すご》いかもしれん⁉』

野球部五人組は、揃ってそう叫《さけ》んだ。

実のところ、天狗（と彼らが思っているもの）を目撃したといっても、やたら素早《すばや》く山を駆《か》け上《あ》がっていく様を見たのみ。それに比べれば、目の前の応酬の方が凄い気がした。

彼らもいつしか天狗のことすら忘れ、勝負の行方《ゆくえ》に熱中していく。

天狗を目撃した（と思っている）彼らですらそうなのだから、他の生徒は言わずもがな。

固唾《かたず》を呑《の》んで熱戦を見守り、山頂に辿り着いた生徒たちが更《さら》にそこに加わっていく。

……と、いうところまでは良かったのだが。

一部の生徒が勝敗を賭け始めた辺りで教師陣にド叱《しか》られて、結局二人の決着は付かないままに終局を迎《むか》えることとなった。

なお、最終的な二人のスコアは同点であった。

◆　◆　◆

そんな一幕などもありつつ……夕刻の山頂にて、生徒たちは夕食の準備に入る。

この日の夕食は、各班でカレーを作ることになっていた。

の、だが。

「見てくださいまし兄様、この環の飾《かざ》り切《ぎ》りを！　題して『鳳凰《ほうおう》』ですわ！」

「うん、まぁ、確かに凄いは凄いんだけどな……？　カレーの具材を飾り切りにする必要は、一ミリもないだろ……」

庸一の前だからと張り切り、やたらとディテールにこだわる環。

「ふむ、塩コショウ少々か。とりあえず、適当にバッバッと振っちゃえばいいのかな？」

「待て待て、そのくらいでいい。ていうか、既《すで》に結構振りすぎだから」

対照的に、かなり大雑把《おおざっぱ》な光。

「これこれお主ら、口ではなく手を動かさんか」

「お前が一番動いてないんだけどな……」

座《すわ》って足を組んだまま、それが当然とばかりに一切《いっさい》働く気のない黒。

といったメンツなので、夕食の準備は遅々《ちち》として進んでいなかった。

「ほら環、細工が凄いのはわかったから今度はスピードでその包丁さばきを見せてくれ」

「承知致《いた》しましてよ！」

「光、味付けはいいから飯盒《はんごう》の火加減を頼《たの》まれてくれないか？　火の扱《あつか》いは得意だろ？」

「あぁ、任せてくれ！」

「黒は、座ったままでいいから味付けを。お前の舌が一番確かだからな」

「ふむ、まぁよかろう」

三人がどうにか上手《うま》く機能するよう働きかけながら、細かいところをカバーする。

そんな庸一の苦労もあり、小一時間後には。

「完成、ですわねっ！」

「ご飯もキッチリ炊《た》きあがったぞ！」

「この妾が仕込んだカレーを食える栄光を噛《か》み締《し》め、しかと味わうがよい」

無事、今夜の夕食が完成した。

「初めての共同作業ですわね、兄様っ！」

「共同作業、か……ふふっ、悪くない響《ひび》きだな」

「うむ、まぁ、お主らがそれで良いというのなら妾もツッコミは入れんが……」

手を叩いて喜ぶ環に、少し照れくさそうに頬を掻《か》く光。

そんな二人に、黒は生温かい視線を向けていた。

「そんじゃ、食おうか」

代表して、庸一が取り仕切る。

『いただきます』

そうして一同、手を合わせた。

「ただのカレーでも、兄様と食べると何倍も美味《おい》しく感じられますわねっ！」

「くふふ、それは妾の味付けのおかげじゃろうて」

「……というか魔王《まおう》、普通に味付けとか出来たんですのね。食べる専門ではなく」

「まぁ、黒の味付けっつーか基本は市販《しはん》のルゥだけどな」

ワイワイと喋《しゃべ》りながら、食事を進める。

「はむっ！　むぐむぐっはむっ！」

「……光さん、貴女もう少し慎《つつし》みを持って食べることは出来ませんの？」

そんな中、会話にも加わらず一心不乱に食べている光へと環がジト目を向けた。

「むぐっ……？」

そこでようやく、光のスプーンが止まる。

もぐもぐと咀嚼《そしゃく》し、ゴクン。

「いやぁ、流石に今日は運動量が多かったからお腹《なか》がすいてしまって」

ちゃんと全部飲み込んでから、光は照れ気味の表情で頬を掻いた。

「まぁ確かに、登山はともかくその後のバドミントンは効きましたわね……」

これには環も同意なのか、軽く苦笑《くしょう》を浮《う》かべている。

「ほーん？　なんじゃ、そんなにはしゃいどったんかえ？」

黒が不思議そうに首をかしげた。

「お前、早々に寝落《ねお》ちしてたもんな……」

「やたらラリーが続いて一向に決着が付かんで、暇《ひま》すぎてのぅ」

「焚《た》きつけるだけ焚きつけといて……」

悪びれた様子もない黒に、庸一は乾《かわ》いた笑《え》みを浮かべる。

「そんなわけで、失礼して……はむっ！　はむっ！　…………ハッ⁉」

再び物凄《ものすご》い勢いで食べ始めた直後、光はふと何かに気付いた表情となって手を止めた。

「あ、あの、庸一……」

何かを恐れるかのように、おずおずと呼びかけてくる。

「や、やはり男性というのは、その……沢山《たくさん》食べる女は好きじゃないだろうか……？」

「ん……？」

イマイチ質問の意図がわからず、庸一は片眉を上げた。

「さぁ……？　一般的《いっぱんてき》にはどうかわからんけど……」

実際、友人と「沢山《たくさん》食べる女は好きか」なんて議論を交わしたことはないが。

「少なくとも、俺《おれ》は好きだぜ？」

それは、本心からの言葉であった。

「やっぱ、美味しそうに食べてるのを見るとこっちまでなんか幸せな気分になるしさ。健康的な魅力《みりょく》が感じられて、可愛いと思うよ」

「庸一……！」

肯定的《こうていてき》な庸一のコメントに、光は目を輝《かがや》かせる。

「あと、沢山食べるってことは沢山蓄《たくわ》えられるってことだろ？　やっぱ最後に頼《たよ》れるのは自分の身体《からだ》に蓄えられた栄養だ。だから、沢山食べるのはとてもいいと思う」

「庸一……」

太ると言わんばかりの庸一のコメントに、光の目が若干濁《じゃっかんにご》った。

「って、俺の好みの話なんてしてても仕方ないか」

「い、いや！」

苦笑する庸一に対して、光は慌《あわ》てた様子で首を横に振った。

「貴重な意見、ありがとう！　これで心置きなく食べられる！　はぐはぐはぐっ！」

そうして食事を再開させた光だが、その食べる勢いは先程《さきほど》以上に激しく見える。

「はぁ……全く、卑《いや》しい女ですわねぇ……」

そんな光に対して環が向ける目は、氷点下に達する程に冷たいものだった。

「ですがっ！　はむっ！　わたくしも！　もぐっ！　お腹がすいておりますのでっ！　むぐっ！　仕方ありませんわねぇ！　はむはむはむっ！」

かと思えば、環も猛烈《もうれつ》な勢いでカレーを平らげ始める。

「卑しい女共じゃのぅ……」

こちらはゆったりとしたペースを保ったまま、黒。

「ははっ、おかわりもあるから慌てずにな。皆《みな》、いっぱい食べろよ」

自分の食事を進めながらも、庸一は温かい目で彼女《かのじょ》たちを見守るのであった。

◆　◆　◆

そんなこんなで、これまた騒がしくも夕食を終えて。

「……しかし、こうやってるとさ」

調理に使った火をそのまま利用している焚き火《び》を眺めながら、庸一がポツリと呟《つぶや》く。

「前世の頃《ころ》を、思い出すよな」

その目には、懐《なつ》かしげな光が宿っていた。

「どこにその要素があったんじゃ……？」

黒が疑問を呈《てい》する。

「ははっ、確かに魔王《まおう》にはこういった時間もなかったか」

「わたくしたちは、前世では野営が多かったですものね」

反面、光と環は庸一の言葉に同意のようだ。

「特に今の光さんは、前世の姿を思い出させますわ……」

木刀を掻き抱《いだ》く格好で座っている光に、環が微苦笑《びくしょう》を浮かべた。

「っと……つい無意識に、襲撃《しゅうげき》に備えてしまっていたようだ」

そこで初めて気付いたという表情で、光は自ら手にした木刀に目をやる。

「ははっ、ここにゃ野盗も魔物もいねぇよ」

「それはそうだ」

軽く笑う庸一に、光も笑みを漏《も》らした。

（相変わらず、打ち合わせしとる様子もないのによぅ息が合うとることじゃのぅ……）

そんな面々に、黒は呆《あき》れのような感心のような感情を抱く。

と、その瞬間《しゅんかん》。
——逃《に》げろぉぉぉぉぉぉぉぉぉぉぉ！
——くっそ、なんでこんなとこに魔王軍が来るんだよ！
——隣《となり》の国が落ちたの、つい昨日だろ⁉
脳裏《のうり》に、フラッシュバックした。
立ち上る黒煙《こくえん》。逃げ惑《まど》う人々。整然と進む、異形の軍団。
そして。
——くははっ！　人の子らよ、安心するが良い！　妾が等しく支配してやるでな！
その中心で哄笑《こうしょう》を上げる、己《おのれ》の声。
フラッシュバックする。
（……フラッシュバック、、、ク？）
なぜか当然のようにフラッシュバックであると考えていた自分に、疑問が浮かぶ。
もちろん、黒に件《くだん》の場面を経験した過去など存在しない。
映画か何かと記憶が混濁《こんだく》している？
ならば、血の匂《にお》いや煙《けむり》の味まで鮮明《せんめい》に思い出せるのはなぜなのか。
決して創作物の中の話ではないと、胸の内に妙《みょう》な確信があるのはなぜなのか。

「……黒？」

聞き慣れた声に、ハッとする。

「黒？　聞こえてるか？」

目の前にあるのは、戦場……では、もちろんなく。

少し心配げに顔を覗き込んでくる、庸一の姿であった。

「あ……」

返事しようとして、やけに喉《のど》が渇《かわ》いていることに気付く。

どうにか分泌《ぶんぴつ》されてきた唾《つば》を、ゴクリと飲み込んだ。

「あぁ、うむ、なんじゃ？」

そして、極力何気ない風を装って返事する。

「いや、さっきから呼んでるのに返事がないからさ……やっぱり体調が悪いのか？　お前んちの医療班《いりようはん》も帯同してんだろ？　一回診《み》てもらった方がいいんじゃないか？」

「なに、少々考え事をしていただけじゃ。心配はいらん」

咄嗟《とつさ》に、そう誤魔化《ごまか》した。

なぜそうしたのかは、自分でもよくわからない。

（まぁ、ほら、アレじゃ……妾まで厨二病《ちゆうにびよう》を発症《はつしよう》したと思われるのは癪《しやく》じゃからな……）

自分に対する、言い訳のような思考。

それが後付けの理由であることは、他《ほか》ならぬ黒自身が一番よくわかっていた。

ならば本当の理由は何なのかと言うと、やっぱりわからなかったけれど。

「でも、なんか顔色悪い気がするぞ……？」

「ふっ、過保護は魂ノ井相手だけにしておくがよい。妾が大丈夫《だいじょうぶ》じゃっちゅーとるんじゃから、大丈夫に決まっておろう」

「そうか……？」

庸一と話しているうちに、ようやく少しずつ調子が取《と》り戻せてきたように思う。

「大丈夫そうなら、じゃあ黒も行くってことでいいか？」

「む？　まぁ、うむ、そうじゃの」

何のことを言っているのはわからなかったが、話を合わせるため鷹揚《おうよう》に頷《うなず》いておいた。

「そっか、じゃあ行くか」

しかし黒は、直後に後悔《こうかい》することとなる。

「肝試《きもだめ》しに」

続いた庸一の言葉が、それだったためである。

「うぇっ⁉　き、肝試しかえ……⁉」

早くも、黒の声は震《ふる》え気味《ぎみ》であった。

「や、やっぱり妾《わらわ》、ちょっと調子が悪いかもしれぬのぅ……」

と、か細い声で言ってみるも。

「一応脅《おど》かし役も仕込まれているらしいが、毎年何人かは本当の心霊《しんれい》現象に遭遇するという話だったよな？　環、この辺りには実際いるのか？」

「それはまぁ、いますけれど……せいぜい、霊感強めの人を驚《おどろ》かすことくらいしか出来ない低級霊ばかりですわね。これではつまらないですし、一般《いっぱん》の方でも見えるスプラッターなやつを呼び寄せましょうか。ねっ、兄様？」

「他の生徒がビビりちらかすだろうから、やめてあげなさい……」

ワイワイと話す庸一たちには、届いていないようだった。

「ほら魔王、いつまで座ってるんだ？」

「仕方ないですわねぇ、歩くのが面倒《めんどう》ということでしたら引っ張ってあげますわよ」

こんな時だけ妙な優《やさ》しさを見せる環に、腕《うで》を引かれる。

「いや、じゃから妾は……って、力強っ⁉　お主どうなってるんじゃいこれ⁉」

「ほほほ、面白《おもしろ》い冗談《じょうだん》ですわね。このか弱い乙女《おとめ》を捕《つか》まえて」

「むしろこの場合、捕まっとるのは妾……って、ひぇっ⁉　今なんか、白い格好の女が木の向こうを通らんかったか⁉　藁人形のようなものも持っとった気が……！」

「俺にも見えてたから、普通に人間じゃないか？」

「それはそれで普通に怖《こわ》いんじゃが……⁉」

「ははっ、君の冗談は時折やけに冴《さ》え渡《わた》るな。彼《か》の伝説の悪霊《あくりょう》ヌパパ・ネポ・ネーパすら消滅《しょうめつ》させたという魔王が、何を言っているんだか」

「ぶはっ、そういやそんな噂《うわさ》もあったな」

「いやですわ、光さんったら」

「じゃからツボのわからん笑いはやめいと言うとろう⁉　ちゅーかそのヌパパなんちゃら、前も言うとったがお主らの鉄板ネタなんか⁉」

なんてギャーギャーと騒ぎながら、黒は森の方へとドナドナされていくのであった。

◆　◆　◆

数分後。

「ふぇぇぇぇぇぇぇ……なんか、生ぬるい風が吹《ふ》いとるんじゃが……」

そこには、庸一の腕にしがみつきながら生まれたての子鹿《こじか》のようにプルプルと震える足

で森の中を進む黒の姿があった。

「確かに、この時間にしては暖かい風だな。そろそろだいぶ夏も近づいてきたよなぁ」

対照的に、庸一の方は口調も歩調も昼間と全く変わらないものだ。

「というか君、『ふぇぇぇぇぇぇ』て……」

「何をカマトトぶってますの？」

光が半笑いを浮かべ、環が苛立《いらだ》たしげに舌打ちする。

が、次の瞬間。

「っ⁉」

天啓《てんけい》を得たとばかりに、環はカッと目を見開いた。

「魔王……そういうことですの……⁉　なんと、恐《おそ》れ知らずな手を……！」

何に衝撃《しょうげき》を受けたのか、ワナワナと全身を震わせる。

そして。

「あぁん、兄様ぁ！　環、怖いですぅ！　なんだか幽霊《ゆうれい》が出そうでぇ！」

露骨《ろこつ》に甘《あま》えた調子の声を作って、庸一の空いている方の腕に絡《から》みついた。

「環まで、何を言って……っ⁉」

不思議そうに首を捻りかけてから、今度は光がカッと目を見開く。

「そ、そういうことか……⁉　しまった、出遅《でおく》れた……！」

いかにも不覚といった感情を顔に漲《みなぎ》らせながら、光は庸一の方に目を向けた。その腕は、黒と環がガッツリ抱《だ》きついていることで両方埋《う》まっている。

「ならば……」

スッと細まった光の目は、死地に活路を見出《みいだ》した『勇者』のそれであった。

「ここだっ！」

後ろから歩み寄って、木刀を持っていない方の手で庸一の上着の裾《すそ》をそっと掴《つか》む。

「あー、怖いなー。幽霊とか、あれだなー。苦手だもんなー」

明後日《あさって》の方向を見ながらの言葉は、完全なる棒読みであった。

「……いやお前ら、霊を使役したり滅《めっ》したりする存在の最高峰《さいこうほう》じゃん」

そんな環と光に、庸一は冷めた目を向ける。

「くっ……！　やはり、駄目《だめ》でしたか……！」

「正直私も、ちょっと無理があるかなとは思っていたが……！」

「うん、まぁ、無理しかないよな」

悔《くや》しげに呻《うめ》く環と光に、庸一は半笑いと共にそうコメント。

「と、いうか！　それなら魔王なんて、霊を使役する存在の親玉みたいなものだろう！」

「あら光さん、それは違《ちが》いますわよ？」

憤《いきどお》った光の言葉を、環が否定する。

「え？　何が？」

思わぬ方向からの指摘《してき》だったらしく、光はキョトンとした顔を環の方に向けた。

「確かに魔王軍の配下にも死霊術使いはいましたが、人間側の使い手の方が遥かに多かったですし。魔王自身が死霊術を操《あやつ》るということもなかったでしょう？」

「でも、魔王軍にはスケルトン系とかゴースト系とか沢山いたじゃないか」

「あれはそういう魔物であって、霊の類《たぐい》とは別物ですわよ」

「へぇ、そうだったのかー」

環の解説を受けて、光は感心の表情を浮かべる。

「って、そういう細かいところはどうでもいいんだが⁉」

次いで、再びその顔に憤りが戻ってきた。

「どうでもいい、ということはないでしょうに。そんなことだから、ゴースト系の魔物に回復薬をかければダメージを与《あた》えられる、なんていう迷信《めいしん》を信じて回復薬を無駄《むだ》にすることになるんですのよ？　しかも、わざわざ一番高いやつを投げつけて」

「うん、まぁ、なんだ……その件については私も反省しておりまして……いやというか、環！　君はどっちの味方なんだ!?」

「少なくとも光さんの味方でないことは確かですけれど」

「私の味方はいないのか!?」

若干《じゃっかん》ショックを受けたような表情を浮かべた後、光は再びハッとした様子。

「って、そんなことより魔王！　君、そこまでしてすり寄って恥《は》ずかしくないのか!?」

「まぁ、それについてはわたくしも同意ですわね。魔王、貴女それ、自分のイメージを全力で犠牲《ぎせい》にするスタイルですわよ？」

「えーい、やかましい！　お主らが勝手に作ったイメージなど知ったことではないわ！」

そう吠《ほ》えながらも、黒は庸一の腕を掴んで放さずプルプル震えたままである。

「……まぁ、貴女が良いのでしたらそれで構いませんけれど」

そこでスッと引き下がった環も、庸一の腕をギュッと抱《かか》えてご満悦《まんえつ》の表情であった。

「あっ……!?　さては環、君……!?」

そんな環を見て、光が三度目のハッとした表情に。

「自分が確保したポジションを逃《のが》さないために、魔王のこともスルーするつもりか!?」

「ほほほっ、何のことやら」

「そうじゃないと言うなら、私と代わって欲《ほ》しい！」

「それはお断り致します」

「ほらやっぱり！」

「……どうでもいいけど君ら、俺を挟《はさ》んで喧嘩《けんか》するのやめてもらえる？」

「そうですわよ、光さん。もう夜なのですし、お静かに」

「それを言うなら君だって……！　いや、確かに君はそんなに煩《うるさ》くはしていないな……」

ぐむむと呻く光。

この素直《すなお》さも彼女の美徳ではあろう、と庸一はぼんやり思った。現実逃避《とうひ》である。

「それに、光さんのポジションも悪くないのではなくて？　そういった控《ひか》えめな仕草に、男性はグッとくるそうですわよ？」

「えっ？　そうかな？」

環の言葉を受けて、光はチョロチョロしく目を輝かせる。

この素直さでは割と雑な詐欺《さぎ》とかにも引っかかりそうだな、と庸一はぼんやり思った。

「ど、どうだろうか庸一……今の私、グッとくる……かな……？」

おずおずと、光が上目《うわめ》遣《づか》いで尋《たず》ねてくる。

「……あぁ、うん、確かに？」

実際その姿はいつもの彼女とのギャップも相まって、グッとくるところはあったが。

「……光じゃなければ」

「じゃあ全《すべ》てが台無しだ！」

最後に付け加えてしまったのは、半ば以上照《て》れ隠《かく》しである。

「あぁ、いや、いい意味でだぜ？」

「この場合にいい意味など存在するだろうか⁉　いや、ない！」

涙目《なみだめ》になりつつ、なぜか光は反語で反論してきた。

「ほら、アレだ、やっぱり光っていったらさ。誰かの後ろに隠れてるより、誰よりも前に立ってみんなを導くイメージだから。そっちの方が、光らしい魅力が出るかなって」

若干言い訳がましくなったが、本心からの言葉でもある。

「そ、そうかな？」

またもチョロチョロしく、光の目に輝きが戻《もど》ってきた。

「まぁ何にせよ、あくまで俺の見解でしかないけどな」

「いや、それが一番重要なんだ！」

「そ、そうか……？」

やけに力強く言い切られて、少し困惑《こんわく》する。

「はいはい、そんなわけなので光さんは先頭を歩いてくださいまし」

ジト目になった環が、しっしっと手を振った。

「あぁ、わかった！」

そんな態度を気にした風もなく、光は意気揚々《いきようよう》と先頭に立って歩き出す。

「にしても、流石《さすが》にだいぶ暗くなってきたな……」

森の中を進むにつれて届く月明かりも少なくなってきて、庸一はふと呟いた。

「今にして思えば光さんの聖剣《せいけん》、こういう時は勝手に光ってくれて便利でしたわね」

「君、エルビィブレードをよく照明扱いしてたよな……」

環のコメントに、光が半笑いを浮かべる。

「というか別に明かりくらい、エルビィブレードに頼るまでもなく」

次いで、右手を軽く掲《かか》げた。

「破魔《はま》の力よ、少しの輝きを」

唱えると、その指先が明るく光る。

「んあ……？　それ、何が光っとるんじゃ……？」

一瞬《いっしゅん》、不思議そうに眉根《まゆね》を寄せた黒であったが。

「っ⁉」

直後、頬を引《ひ》き攣《つ》らせながら声にならない声を上げた。

その視線の先には、灯《とも》った明かりによって照らし出された少女の顔が。

いきなり明かりが灯ったせいか、彼女の方も驚きに染まった表情だ。白装束に身を包み、頭には火の点《つ》いていない蝋燭《ろうそく》が括《くく》り付けられている。手には、藁《わら》人形と五寸釘《ごすんくぎ》と金槌《かなづち》。

「こんな感じで、どうとでもなるじゃないか」

そんな少女を前にしても、光には一切の動揺《どうよう》が見られない。

庸一も夜目は利くよう訓練しているので、そこに人がいることにはとっくに気付いていた。恐らくは、森に入っていく時に見かけたのと同一人物だろう。

「ふわぁぁぁぁぁぁぁぁぁぁぁぁぁぁぁぁぁ⁉」

「っ⁉」

しかし黒が突如叫《とつじょさけ》びだしたのは予想外で、少々ビクッとなってしまった。

「ひえぇぇぇぇぇぇぇぇぇぇぇぇぇぇぇぇぇ⁉」

一方、黒の叫び声にまた驚いたらしい少女も叫ぶ。

「ふわぁぁぁぁぁぁぁぁぁぁぁぁぁぁぁぁぁ⁉」

「ひえぇぇぇぇぇぇぇぇぇぇぇぇぇぇぇぇぇ⁉」

「ふわぁぁぁぁぁぁぁぁぁぁぁぁぁぁぁぁぁ⁉」

「ひえぇぇぇぇぇぇぇぇぇぇぇぇぇぇぇぇぇ⁉」

「ふわぁぁぁぁぁぁぁぁぁぁぁぁぁぁぁぁぁぁ⁉」

「ひえぇぇぇぇぇぇぇぇぇぇぇぇぇぇぇ⁉」

謎《なぞ》のセッションが続く。

「おい黒、一般の方をあんまり驚かしてやるなよ……」

そんな状況に、庸一は苦笑を浮かべて黒の肩《かた》を叩《たた》いた。

すると、ピタリの黒の叫びが止まる。

「ひえぇぇぇぇぇぇぇぇぇぇぇぇぇ……って、あれ……？」

それに気付いたのか、少女も叫ぶのをやめて目をパチクリと瞬《またた》かせた。

「もしかして、あの……違ってたらすみませんけど……厨二《ちゅうに》ーズの方々ですか……？」

恐らくそうだろうとは思っていたが、彼女も小堀《こぼり》高校の生徒らしい。もっとも、面識はないはずだが……どうやら、『厨二ーズ』の名は他クラスにも広まっているようだ。

「あぁ、はい、それです」

苦笑を半笑いに変化させながら、庸一は頷いた。

「あっ、やっぱりそうなんだ……うわ、初めてこんな近くで見た……」

何やら感慨深《かんがいぶか》そうにしている少女だが、庸一たちは珍獣扱《ちんじゅうあつか》いなのだろうか。実際、客観的に見た場合自分たちの珍妙《ちんみょう》さを否定しきれないのが辛《つら》いところであった。

「って……あの、なんか、叫んじゃってすみません。私、肝試しの脅かし役なんですが……ちょっと心細かったとこに急に明かりが灯ったのと、大声に驚いちゃって……」

「いや、こっちこそ驚かせちゃって申し訳ない」

お互《たが》いに、ペコペコと頭を下げる。

「ほら黒、お前もちゃんと謝《あやま》って……」

促《うなが》そうとして、傍《かたわ》らを見下ろしたところ。

「…………………」

庸一に寄《よ》り掛《か》かるような格好で、黒が立ったまま白目を剥《む》いていることに気付いた。

「おいおい……」

再び、庸一の口元が苦笑を形作る。

「確かに元魔王にとっちゃ肝試しなんて退屈《たいくつ》なもんだろうけど、だからってそんな急に立ったまま居眠《いねむ》りするか普通《ふつう》……？　しかも、人を脅かした直後にさ……」

「もしかして魔王、さっきの叫び声みたいなのはあくびだったのか……？」

「だとすれば、喧《やかま》しいあくびでしたわねぇ……魔王らしいはた迷惑《めいわく》さというか……」

と。まさか元魔王が恐怖《きょうふ》によって気絶したとは思わない一同がアクロバティック解釈《かいしゃく》したがゆえに、ここでも黒の名誉《めいよ》は守られたわけだが。

それが黒にとって良かったのかどうかは、微妙《びみょう》なところと言えよう。

「わわっ、ホントに魔王とか言うんだ……！　初めて生で聞いちゃった……あっ、すみません！　よければ一緒《いっしょ》に写真撮《と》ってもらっていいですか⁉」

あとなぜか他クラスの少女は大興奮であり、一緒に写真撮影《さつえい》をすることになった。

もちろんその間も黒は白目を剥きっぱなしであり、この世にその様を残した写真が誕生してしまったわけだが。そのことを知らずにいるのも、果たして黒にとって良いことなのかどうかは微妙なところであろう。

# 第五章 ❤ 宿泊施設の攻防

カッポーン……。

どこからか、そんな音が響いてくる。

「ふぃー……良い湯だぁ……」

宿泊施設の大浴場にて、湯船に浸かった庸一は大きく息を吐き出した。

今日一日の疲れがお湯に溶け出していくような、心地好い感覚。

（なんだかんだ、今日は疲れたな……）

いくら鍛えているとはいえ、流石に山登りで全く疲労しないというわけではない。まして、途中で三人それぞれを背負っていたのだから尚更だ。

（まぁ、どっちかっつーと精神的疲労の方が大きいような気もするけど……女三人寄れば姦しい、っつーのはああいうことを言うんだろうな）

彼女たちと過ごすにつれそう実感しているが、その姦しさの中心が自分であることには終ぞ気付いていない庸一であった。

Isekai kara JK tensei shita
moto imouto ga Chou guigui kuru.

「おいおい、なんか親父《おやじ》くせぇリアクションだな平野《ひらの》」

と、隣に浸かってきたのはクラスメイトの友利《ともり》だ。

固定メンバーで過ごすことに定評のある庸一ではあるが、だからといって他の者と一切話さないということはもちろんない。環《たまき》たちと一緒にいる時はどうやら遠慮《えんりよ》しているらしいが――単に関《かか》わり合《あ》いになりたくないというだけの可能性もあるが――こうして庸一が一人でいる時に話しかけてくる者は決して少なくはなかった。

「ははっ、かもな」

実際前世からカウントした年齢《ねんれい》は彼《かれ》のダブルスコアなので、笑って頷いておく。

「やっぱ、美女三人のお相手は大変ってわけですかい？」

にしし、と笑う友利。わかりやすく下卑《げび》た調子ではあるが、悪意は感じられない。

「まぁ、ある意味ではな」

間違《まちが》ってはいないので、苦笑気味に肯定《こうてい》を返した。

「おっとぅ？　流石《さすが》、モテる男は大変ですなぁ」

「そんなんじゃねぇっての」

苦笑が深まる。

「いやいや平野、実際んとこどーなのよ？」

「そうだぞー、誰《だれ》が本命なんさー？」

「まさか、マジで三人共とってわけでもないんだろ？」

と、話を聞きつけたらしい男子たちがわらわらと集まってきた。

「いや……」

「おっと、誤魔化すのは無しだぜ？」

そんなんじゃねぇっての、と繰《く》り返《かえ》そうとしたところを友利が手で制す。

「せっかくの、裸《はだか》の付き合いなんだ。本音も晒《さら》していこうや」

「そーそー、こういう時は男子も恋《こい》バナっしょ」

「実際、俺ら興味津々《きょうみしんしん》よ？」

「なんだったら、『平野が誰と付き合うのかトトカルチョ』まで開催《かいさい》されてるかんね？」

どうやら、庸一の与《あずか》り知らぬところでそんなことになっていたらしい。

「ちなみに、俺は魂《たま》ノ井《い》さんに賭《か》けてるぜ！」

と、聞いてもないのに男子の一人が己を親指で指す。

「やっぱ、メインヒロインといえば転校生だよな！　しかも、ルックスはパーフェクト！　スタイルも抜群《ばつぐん》ときたもんだ！　言動はちょっとエキセントリックだけど、どう考えてもお前に惚《ほ》れてるところも高ポイント！　最有力候補っしょ！」

なるほど、客観的に見ればそういう評価になるのかもしれない。

エキセントリックな言動が、『ちょっと』なのかは別として。

「そういう意味じゃ、天ケ谷《あまがや》さんも負けてないと思うな！」

と、今度は別の男子が手を挙げた。

「魂ノ井さんが転校してきたことで男子人気こそ二分されたものの、今でも女子人気は圧《あっ》倒的《とうてき》に天ケ谷さんがナンバーワン！　平野たちといる時はちょっと緩《ゆる》み気味だけど、基本的にはキリッと凛々《りり》しいあの美しさがいいよね！　対抗《たいこう》を張れるのは彼女しかいない！」

なるほど、客観的に見ればそういう評価になるのかもしれない。

庸一たちといる時の緩みっぷりが、『ちょっと』なのかは別として。

「おっと、暗養寺《あんようじ》さんを忘れてもらっちゃあ困りますなぁ？」

また別の男子の、風呂場《ふろば》でも外してない眼鏡がキランと光る。

「あれぞカリスマ性と言うべきか、彼女に魅了《みりょう》された人は男女問わず多数であります！　ちょっと偉《えら》そうな態度も、生家を鑑《かんが》みればご愛嬌《あいきょう》！　何より平野氏との付き合いの長さが一番で、入学時点から既《すで》に相棒ポジですすぞ！」

なるほど、客観的に見ればそういう評価になるのかもしれない。

偉そうな態度が、『ちょっと』なのかは別として。

『と、いうわけでぇ……』

三人分のプレゼン（？）が終わったところで、再び庸一に視線が集まる。

『本命、だーれだっ？』

彼らの表情は、揃《そろ》ってワクワクしたものであった。

「あのなぁ……」

何と言ってやれば良いものか、と庸一は思案しながら濡《ぬ》れた髪《かみ》を掻《か》き上《あ》げる。

と、そこで。

『光《ひかり》さん、なぜ止めるのです⁉』

『止めるに決まっているだろうが！』

『やかましい奴《やつ》らじゃのぅ……妾、なぜか森の中で眠《ねむ》りこけとったせいで身体《からだ》が冷えとるんじゃ。風呂《ふろ》くらいゆっくり浸からせぃ』

そんな声が聞こえてきた。

声の発生源は、女風呂の方。仕切りとなっている壁《かべ》の上部と天井《てんじょう》の間がそれなりに空いているらしく、割と鮮明な響《ひび》きを帯びている。

声の主たちは、言わずもがなであろう。

『環、流石に覗《のぞ》きはマズいとしか言えん！』

『覗きではありません！　わたくし自身が向こう側に行こうというのですから！』
『確かに、ギリ通れそうなくらいに上の方が空いておるのぅ……』
『わたくしも裸を晒すのです、フェアなお話でしょう⁉』
『余計にマズいわ！　君には羞恥心《しゅうちしん》というものはないのか⁉』
『兄様以外の皆さんの目は魔法《まほう》でしばらく眩《くら》ませるので大丈夫ですわ！』
『フェアって何だっけ⁉』
『わたくしも兄様以外の裸を見るつもりなどないのですから、フェアでしょうに！』
『それは……なるほど、確かにそう……かも？』
『お主、流されやすすぎじゃろ……変な壺《つぼ》とか買わされんように気ぃつけぇよ？』
『それに……光さんだって、本音では見たいのでしょう？　兄様の、こ・と』
『そ、それはその……み、見たいか見たくないかで言うと見たい寄りの見たい……』
『めちゃくちゃ見たい感が溢《あふ》れとるのぅ……お主、割とムッツリじゃよな』
『えーい、さっきから喧しいな魔王！』
『お主らよりは喧しくないと思うが』
『否定出来ない！』
『というか……魔王は、兄様のを見たくないと言うんですの？』

『少なくとも、お互いの同意無しに見る裸体《らたい》に興味なぞないの』

『くっ……正論を……！』

『はんっ、正論なんざクソ喰《く》らえですわ！』

『それに、妾がその気になればあらゆる場所にカメラを仕掛《しか》けることも可能じゃしな』

『やっぱり魔王は邪悪《じゃあく》だった！』

『映像越《ご》しではない生の光景だからこそ価値があるんでしょうに！』

『環、君は本当にブレないなぁ……』

なんて会話が、反響《はんきょう》する中。

「……こんな会話を日々日々聞いてると、付き合いたいとかそういう気持ちも失《う》せると思わないか？　ちなみに、今のはまだマシな方だ」

『あ、はい……』

庸一の問いに、男子一同は半笑いで頷くのであった。

◆　◆　◆

その後は、特筆すべきこともなく入浴を終えて。

「おっ」

『あっ』

脱衣所《だついじょ》を出たところでちょうど環たち三人と出くわし、お互いに小さく声を上げた。

「兄様兄様っ！　こんなところで会うなんて、運命ですわねっ！」

笑顔《えがお》を輝《かがや》かせ、環が腕に抱きついてくる。

仄《ほの》かな熱気と、甘い香《かお》りが伝わってきた。

「入浴時間は決まってんだから、そりゃ大体一緒になるだろ」

それを極力意識しないようにしながら、庸一は笑って返事する。

「なかなか良い湯だったな、庸一」

光の頬も少し上気しており、いつもより随分《ずいぶん》と女性らしさが増して見えた。

「あぁ、そうだな……ていうか光、まさか木刀持ったまま風呂に入ったのか……？」

さりげなく目を逸《そ》らしながら、尋ねる。

木刀を手にして大浴場の暖簾《のれん》をくぐってきた姿には、違和感《いわかん》しかなかった。

「ははっ、流石に脱衣所に置いておいたさ」

「あぁ、そう……」

普通は脱衣所までも持っていかねぇだろ、というツッコミが喉元《のどもと》まで出かかったが、どうにか呑《の》み込む。既に光の木刀に関しては、だいぶ今更感《いまさらかん》があった。

「あと君ら、他の人に迷惑だからあんま風呂で騒《さわ》ぐなよ……？」

代わりというわけでもないが、そう窘《たしな》めておく。

「っ⁉　ま、まさか、庸一、聞こえていたのか……⁉」

「そら聞こえるじゃろうよ、あんなに騒がしくしとったら」

赤くなる光の横で、呆れ顔《がお》となる黒《くろ》。こちらもホカホカ状態だが、色気的なものはあまり感じられないため庸一としてはなんとなく安心出来る気分であった。

「そんなことより、兄様！」

と、自ら庸一の腕を放して環が一歩下がる。

「あれを『そんなこと』と断じられる辺りが環の強さだな……」

「あまり得たいとは思わん類の強さじゃがな」

若干の感心を表情に浮かべる光に対して、黒は冷めた目であった。

「ほらほら、見てくださいましっ！」

二人のリアクションなど眼中にない様子で、環はその場でクルリと回る。

「……何を見ればいいんだ？」

しかし何のことかわからず、庸一は首を捻《ひね》った。

ちなみに現在の環は、Tシャツにハーフパンツというラフな出《い》で立《た》ちである。

「うふふっ」

と、環はどこか妖艶《ようえん》に笑う。

「実は今、兄様に選んでいただいた下着を身に着けていますのよ？」

そして、庸一の耳元でそっと囁《ささや》いた。

「へぇ……？」

特に思うところもなく、何とは無しに環の胸元《むなもと》辺りに視線を向けると。

「……そうなのか」

汗《あせ》で少し濡れたTシャツに黒い『何か』が透《す》けて見え、若干ドギマギした気分となる。

「はぁん！　兄様に包まれているような気分ですわぁ！」

しかし環が自身を掻き抱《いだ》きクネクネ身を捩《よじ》り出したため、即座《そくざ》に平静さを取り戻した。

「そうなのか」

「あ、あの、庸一……」

とそこで、遠慮がちに腕が突《つ》つかれる。

「実は私も、今……庸一が似合ってるって言ってくれた下着を、着けているんだ……」

光は、そう言いながらもソワソワと伏《ふ》せがちに視線を彷徨《さまよ》わせていた。こちらも少しだけラインが透けていたが、ベースが白だからか環ほど露骨ではない。だが、それが逆に妙《みょう》なチラリズムのようなものを生んでいる気もする。

「そ、そうか、それは良かった」

何と言って良いものやらわからず、謎の発言が口を衝《つ》いて出た。

「これこれ。ラブコメ空間作っとらんで、そろそろ戻らんと就寝《しゅうしん》時間に間に合わんぞ？」

パン、と黒が手を叩いたところで我に返る。

「そうだな、うん。そうしよう」

先の動揺を誤魔化《ごまか》すべく、庸一はうんうんと何度も頷いた。

「……ちなみに、妾も今日はお主が良いと言うた下着を着けておるのじゃぞ？」

「へぇ、そうなんだ？」

流し目を送ってくる黒に対する庸一のリアクションは、素のものである。

「くふふ、構わん構わん。妾は色仕掛《いろじか》けなぞという手段を使うつもりはないからの」

対する黒にも、気にした様子はなかった。

「魔王は魔王で、こういうところが強いよな……」

「ふんっ、余裕《よゆう》をかましていられるのも今のうちですわ」

また感心の面持《おもも》ちとなる光と、つまらなそうに鼻を鳴らす環。

「そんじゃな、おやすみ」

「はいっ、兄様っ！」

しかし庸一が手を振《ふ》ると、一瞬で環は笑顔の花を咲《さ》かせた。

「それでは……また、後ほど」

踵《きびす》を返す直前、そんな環の声が耳に届く。

（……後ほど？）

その言い回しは、少し気になったが。

（また明日、ってことかな？）

そう考えて、庸一は特に問い返すこともなく廊下《ろうか》を歩き出した。

◆　◆　◆

草木も眠る丑三《うしみ》つ時《どき》。

「なぁ環、本当にやる気か……？」

暗闇《くらやみ》に紛《まぎ》れながら、光は眉根を寄せて環へと尋ねた。本来であれば月明かりに照らされ輝いているはずの金髪《きんぱつ》は、ほっかむりによって隠されている。木刀を所持していることも併《あわ》せて、その姿はほぼパーフェクトな不審者《ふしんしゃ》っぷりであった。

「しつこいですわよ、光さん。嫌《いや》なら来なければいいでしょうに」

「いや、まぁ、君が暴走しないか監視《かんし》する必要があるだろう？」

どこかソワソワとした様子で、光はそう返す。

「その割には、お主もノリノリに見えるが」

光のほっかむりを見ながら、黒は呆《あき》れ気味《ぎみ》の表情であった。こちらの髪は生来の色合いもあって、本当に闇《やみ》の中に溶け込んでいるかのようだ。

「ちゅーか、アレじゃよな」

建物の外から、宿泊施設を見上げる。

「こういうの、普通は男女逆ではないかえ？」

そんな風に、黒が言う通り。

現在、三人は『男子部屋への侵入《しんにゅう》』を試みているところなのである。

「兄様が夜這《よば》いをかけてくださるような方でしたら、わたくしは前世の時点でとっくに子《こ》沢山《だくさん》になっていましたわよ！」

「お、おう……それは知らんけども……」

「まぁいいじゃないか、魔王。こういうのも青春の一環《いっかん》ってやつさ」

「やはりお主、ノリノリじゃよな？」

キッと黒を睨《にら》みつける環に、肩をすくめる光。

実際、二人共乗り気にしか見えなかった。

「魔王も、別に付き合っていただく必要はないんですのよ？」

「ふっ、妾《わらわ》は面白《おもしろ》そうなことには基本噛《か》むタチじゃからな」

そして、それは黒も例外ではない。

「だったらお二人共、黙《だま》ってついてらっしゃいな」

フンと鼻を鳴らして環が宿泊施設の方へと踏《ふ》み出し、光と黒もそれに続いた。

「にしても、なんでわざわざ外から行くんじゃ？　普通に中を通っていけばいいじゃろ」

「もちろん、最初はそちらを検討致《いた》しましたけれど」

「流石にと言うべきか、男女のフロアを繋《つな》ぐ要所は教師陣《きょうしじん》に押《お》さえられていてな」

「まぁ確かに、そりゃそうじゃろうの」

「というわけで、先生方を片《かた》っ端《ぱし》から昏睡《こんすい》させるか外を通るかの二択《たく》でしたの」

「そこを私が、強硬に外ルートを推《お》したというわけだ」

「お、おぅ……」

普通に考えれば、前者は一笑《いっしょう》に付す類のものである。しかし魂ノ井家にいた全員が眠りこけた先日の事件を鑑みると、黒としても一概《いちがい》に笑い飛ばすことは出来なかった。

「わたくしとしては、昏睡ルートの方が手軽で良いのですけれど」

「馬鹿《ばか》言うな、環」

呆れた調子で、光が否定する。そんなところは、流石普段《さすがふだん》から『勇者』などと自称《じしょう》して
いるだけのことはある……と、ぼんやり考えていた黒だったが。

「そんなことしたら、事件性が出てしまうだろう？　どれだけアリバイ工作しようが、私
たちがその時間帯に自室にいなかったのは事実。捜査《そうさ》されるとバレかねないじゃないか」

否定の理由が、思っていたのとかなり違う感じだった。

「……天ケ谷、お主地味に倫理観《りんりかん》ヤバない？」

環のようにあからさまでないだけ、むしろ余計に厄介《やっかい》な気すらする。

「ん？　どういうことだ？」

「そも、昏睡させる時点でヤバいじゃろ……」

「いや、見張りに対する侵入者《しんにゅうしゃ》の対応としては一番穏便《おんびん》だろう？」

「ええ……？」

この通り、本人には自覚もないようだ。

「……お二人共、止まってくださいまし」

小声で会話しながら移動していたところ、先頭の環が立ち止まった。

「ここから先は、防犯カメラに映ってしまいますわ」

「……わかるのかえ？」

周囲を見回す環に倣《なら》って黒も観察してみるが、カメラの姿は確認《かくにん》出来ない。

「付近の低級霊《れい》を使役《しえき》して探《さぐ》らせていますの。あそことあそこ、それとあそこにもあるようですわね。それから、ベランダの窓にはセンサーも設置されているそうです」

「ほ、ほう……？」

環の指の動きに合わせるように生ぬるい風が吹《ふ》いた気がして、黒はブルリと震《ふる》えた。

「意外としっかりとした防犯ですわね……死角を抜《ぬ》けるのは少々厳しいかもしれません」

顎《あご》に指を当て、環は思案顔である。

「まぁ、一つくらい破壊《はかい》しても……」

「待て待て」

何かの予備動作かのように振り上げられた環の腕《うで》を、光が素早《すばや》く掴《つか》んだ。

「それだと、リアルタイムで監視している人がいたら様子を見に来てしまうかもしれないだろう？　バレる可能性は少しでも減らしたい」

環を止めた理由は、やはり犯行の発覚を恐《おそ》れてのことらしい。

「では、どうしますの？」

「さっき、君が指差した場所から察するに……」

そう言いながら、光は足元の小石を拾った。

「ふっ！」

それを、鋭《するど》い呼気と共に宿泊施設の方へと投げる。

コツン……恐らく小石が何かに当たったのであろう音が僅《わず》かに届いてきた。

「この角度でどうだ？」

「あら、お見事」

振り返ってくる光に、環は感心した様子で口元に手を当てる。

「……何がどうなったっちゅーんじゃ？」

一人、黒だけは状況《じょうきょう》がわからず首を捻った。

「魔王、貴女《あなた》もしかして今はあまり夜目が利きませんの？」

「今は、っちゅーか……うん、まぁ、そうじゃの」

いちいち前世トークに付き合うのも面倒《めんどう》で、軽く頷《うなず》いておく。

「監視カメラの角度を少しだけズラしたんだ。これで私たちが通るだけの死角は出来たはずだし、映像自体は生きているから怪《あや》しまれる可能性も低いだろう」

「そう……なのかえ?」

　言われて目を凝《こ》らすも、やはり闇の中に監視カメラの姿を見つけることは出来なかった。というか、仮に明るかったとてこの距離《きょり》で見えるものでもない気がする。

（コヤツらの身体能力、どうなっとんじゃ……?）

　若干《じゃっかん》薄《うす》ら寒《さむ》く感じる黒であった。

「それでは、わたくしの後についてきてくださいまし。死角が出来たとはいえ僅かなものですので、しっかり同じ足跡《あしあと》を辿《たど》ってくださいね?」

「心得た」

「なんか、忍者《にんじゃ》みたいじゃな……」

　環と光がスイスイと進んでいく中、黒は苦心して僅かに見える足跡を辿っていく。

「……ところで、ここまで来たは良いがこっからどうするんじゃ?　ヨーイチたちの部屋、確か五階じゃったよな?　普通に詰《つ》んどらんか?」

　どうにか外壁《がいへき》のところまで辿り着《つ》いたところで、今更ながらに尋ねた。

「ははっ、やっぱり今日は君の冗談《じょうだん》が冴《さ》え渡《わた》っているな」

　マジのガチでの質問だったのだが、なぜか光に笑い飛ばされる。

「私たちなら……」

と、木刀を口に咥《くわ》えたかと思えば壁に両手を突く光。

「ふっ……！」

僅かな気合いの声と共に、その身体が持ち上がった。

そのまま、光はスイスイと垂直な壁を登っていく。

「……は？」

CG加工でもされたかのような光景が目の前に展開されて、黒は呆《ほう》けた声を出した。

「こふぇくふぁい、ふぁくひょうふぁろう？」

恐らく「これくらい、楽勝だろう？」と言っているのだろうが、木刀を咥えているせいで伝わりづらい。その間にも光は壁を登り続けており、瞬《また》く間《ま》に五階まで到達《とうたつ》した。

「壁に存在する僅かな凹凸《おうとつ》に指を引っ掛けて、身体を持ち上げる……流石に、楽勝で出来るのは光さんと魔王くらいでしょうよ」

そんな光を見上げながら、環が苦笑《くしょう》を浮かべる。

「いやー……妾、あれはちょっと……」

「ふっ、わかっていますわ」

絶対に無理だと告げようとしたところ、環がその笑《え》みを黒の方へと向けた。

「こういった優雅《ゆうが》でないことはやりたくない、と言いたいのでしょう？　ちゃんと、光さんに上からロープで引っ張ってもらう手筈《てはず》になっていますわよ」

「お、おう……」

このメンツにおいては割とよくあることだが、勝手に『わかられて』しまったらしい。

とそこで、上からロープが下りてくる。

見上げると、五階のベランダで光がロープを握《にぎ》っている姿が目に入った。

「流石は光さん、こういう時の手際《てぎわ》は良いですわね」

満足げに頷いて、環がそのロープを握る。

「ほら魔王、何をボーッとしていますの？　早く貴女も掴まりなさいな」

「ええ……？」

てっきり順番に行くものだと思っていた黒だったが、そう促されて戸惑《とまど》い交じりにロープを掴む。すると、すぐにグイグイと上に引っ張り上げられ始めた。

（二人の人間を軽く引き上げとる……じゃと……？）

光は滑車《かっしゃ》の原理を使うでもなく、素の力でロープを引いている模様である。

「さて……窓にはセンサーが付いているという話だったよな？　それはどうする？」

それを全く大したこととも思っていなさそうな顔で、光は引っ張り上げた環に尋《たず》ねた。

「……このタイプでしたら、問題ありませんわね」

窓の端《はし》の方をしばし見つめた後、環がセンサーらしきものへと手を伸《の》ばす。

「はい、これで無効化完了《かんりょう》ですわ」

そして、十秒も経《た》たないうちにそんな言葉と共に振り返ってきた。

「……どうやったんだ？　壊《こわ》したわけでもなさそうだが」

これについては、光も疑問を覚えているようである。

「兄様の家に付いているのと同型でしたので」

「なるほど…………って、なるほどじゃないが⁉　君、庸一の家の防犯センサーを無効化してどうするつもりなんだ⁉」

一瞬納得《いっしゅんなっとく》の表情を浮かべた光だが、すぐに顔が驚愕《きょうがく》で満ちた。

「光さん、お静かに。ここまで来ておいてバレては馬鹿らしいでしょう？」

「あ、うん、すまない……いや、ええ……？」

唇《くちびる》に指を当て注意する環に謝った後、どうにも釈然《しゃくぜん》としない表情を浮かべる光。

「……まぁ確かに、今はこのミッションの方に集中する必要があるな」

しかし、最終的に煩悩《ぼんのう》の方が上回ったようである。

「だからお主ら、倫理観ガバガバすぎじゃろ……」

半笑いで呟《つぶや》く黒ではあるが、その気になれば警備会社に命じて防犯システムごと無効化することも不可能でない彼女《かのじょ》が言っても説得力は薄《うす》いかもしれない。

「鍵《かぎ》は……やっぱり、かかっているみたいだな」

中を覗き込んだ後、光が環の方を振り返った。

「で、今度はどうするつもりじゃ？」

ここまで来ると、まぁどうにかなるんだろうなという謎の確信を抱《いだ》いている黒である。

「こんなもの、どうとでもなります」

カチャン。環の言葉と同時、窓越《まどご》しに鍵の回る音が聞こえた。

「……今のは、何なんじゃ？」

手を動かしたようにすら見えず、黒は頭の上に疑問符《ぎもんふ》を浮かべる。

「小規模なポルターガイストを起こすくらい、死霊術師《しりょうじゅつし》の基礎《きそ》も基礎ですわ」

「ひぇっ……!?」

またも生ぬるい風が吹いた気がして、黒はビクッと震えた。

「鍵だけを動かすなんて繊細《せんさい》な動かし方が出来るのは、相当な腕が必要だけどな」

光が軽く笑う。

「……さて」

そして、それを真剣《しんけん》な表情に変化させた。

「いよいよ、本丸だ」

「ですわね」

　一つ頷き合って、窓に手をかける。

　……環と光、二人同時に。

「……光さん、邪魔《じゃま》ですわよ？　どいてくださいませんこと？」

「それはこちらの台詞《せりふ》なんだが？」

　そして、至近距離で火花を散らし合った。

「わたくしが発案者なのですから、わたくしが一番に行くのは当然の権利でしょう？」

「だが、主に力仕事を担当したのは私だろう？　その働きには報《むく》いが与《あた》えられるべきだ」

「別段、光さんがいないならいないでどうとでもなる道中でしたわ」

「辿り着くだけならともかく、君の元のプランだと翌日大騒《おおさわ》ぎになるだろうに」

「というか、そもそもの話……貴女は、監視のために来たのだとおっしゃっていたでしょう？　監視だけなら、ここまでで問題ないのではなくて？」

「そ、それはその……えーい！　私だって、一番に庸一の寝顔《ねがお》が見たいんだ！」

「普通に本音が出ましたわね……」

「だから、ジャンケン！　ジャンケンで決めよう！」

「仕方ないですわねぇ……」

手を突き出した光に合わせて、環も手を伸ばす。

「魔王、貴女は？」

それから、そこに加わらない黒へと目を向けてきた。

「妾はえぇわい、別に一番にこだわる理由もないからの」

「……そうなんですの？」

肩《かた》をすくめる黒に、環は意外そうな表情となる。

「ヨーイチの寝顔なぞ今までに何度も見て、もう見飽《みあ》きとるからな」

「はぁん……⁉」

フッと挑発的《ちょうはつてき》に笑ってやると、環のこめかみにビキィと血管が浮かび上がった。

ちなみに、今の言葉は半分嘘《うそ》である。四年以上の付き合いの中で、庸一の寝顔を何度も見たことがあるという部分は本当。ただ、見飽きたという部分は嘘だ。今でも、見られるものなら積極的に見たいとは思う。だからといってわざわざジャンケン争いに参加するつもりまではない、というだけで。

「ま、まぁ、権利を放棄《ほうき》するというのでしたらそれで構いませんわ」

怒《いか》りを抑《おさ》えているのか、若干震《じゃっかんふる》え声《ごえ》ながら環は小さく頷いた。

「では、一騎打《いっきう》ちということで……」

「あぁ」

環と光の視線が交錯《こうさく》し、そこに火花が散る。

そして。

『ジャン、ケン！　ほい！』

初手は、互《たが》いにグー。

『あいこで、しょ！』

次の手はチョキで、ここもお互い同じ形であった。

それから。

『あいこで、しょ！　しょっ！　しょっ！　しょっ！　しょっ！　しょっ！　しょっ！』

環と光の手が、何度もお互い同じ形を作る。

「ちょっと、光さん……！　貴女これ、こちらの手を見てから直前で自分の手を変えてますわね……!?　身体能力に飽《あ》かせて、卑怯《ひきょう》ですわよ……！」

「霊を纏《まつ》わり憑《つ》かせて私の動きを鈍《にぶ》らせている君に言われたくはないんだが……!?」

端《はた》から見れば普通《ふつう》にジャンケンをしているようにしか思えなかったが、二人の間にだけ存在する『何か』があるのかもしれない……なんて、思いながら。

「くぁ……」

黒は、小さくあくびした。

「ちゅーか、全然勝負付かんな……」

当人たちにとっては白熱した勝負なのだろうが、眺《なが》めている方は退屈《たいくつ》なだけだ。

「……ちょい寒くなってきたし、先に入っとるぞ？」

待つのも面倒になって、黒はそっと窓を開けて部屋の中に入る。

一応声はかけたものの、熱中している二人に届いた様子はなさそうだった。

（さて、ヨーイチは……っと、ここにおったか）

窓から差す月明かりが、窓際《まどぎわ》で眠る庸一の顔を照らす。

（ふっ……この寝顔は、昔から変わらんの）

最近はそうでもなくなったが、中学時代……『使命』とやらを探していた頃《ころ》の庸一は、年齢に比して随分と大人びた印象を受けることが多かった。しかし寝顔だけは、歳《とし》相応のあどけなさを見せていのだ。あの頃の庸一は常に周囲を警戒《けいかい》しており——実際、あちこちからの襲撃的《しゅうげきてき》なものはそれなりの頻度《ひんど》で存在した——あまり人前で眠ることもなかったのだが、黒の前ではこの無防備な姿を晒して。自分が彼の特別な存在になれているようで、嬉《うれ》しく思ったものだった。

「高校に上がってからは、久しくなくなったのぅ」

こうして、寝顔を見ることも。

こうして、世界に二人だけしかいないかのような感覚を抱くことも。

「まったく、お主の周りも騒がしくなったもんじゃ」

それ自体を不快には思っていない……というかどちらかといえば歓迎《かんげい》すらしている黒であったが、やはり少しも不満がないわけではないのだ。

「なのに当のお主は、のほほんとしておるのじゃから困ったもんじゃて」

クスリと笑って、その頬に手を伸ばす。

「ま、結局のところいずれは妾の下に……」

己《おのれ》の指が、庸一に触《ふ》れる直前。

血の匂《にお》いが、強く感じられて。

──が……ふっ
庸一の口から、血が溢れ出《で》た。

──勇者見参……とは、流石《さすが》に本物の前では言えねーな……

にも拘《かかわ》らず、そんなことは関係ないとばかりに庸一は笑みを浮かべる。

──おい、勇者様……！　偽物《にせもの》に出来るのはここまでだ、後は頼《たの》むぞ……！

なぜなのか。

周囲は、いつの間にか見知らぬ景色となっていた。

否《いや》、見覚えはある。

なぜなのか。

つい数秒前までの状況が思い出せない。

自分の胸に渦巻《うずま》くこの感情の正体が、理解出来ない。

それは恐怖《きょうふ》のようで焦燥《しょうそう》のようで後悔《こうかい》のようで愉悦《ゆえつ》のようで。

なぜなのか。

わからない。

なぜ。

自分の手が、庸一の胸を刺《さ》し貫《つらぬ》いているのか。

「っ⁉」

庸一が跳《は》ね起《お》きた。

起きた？　死にかけているのに？　違《ちが》う、それは目の前の現実とは異なる。庸一は、ずっと眠っていた。なら、今見ていたのは？　わからない。血の匂いは？　するわけがない。なら、さっき嗅《か》いだのは？　わからない。幻《まぼろし》？　それにしては、確かな感覚を伴《ともな》っていた。

なら、現実？　そんなわけはない。なら、何？　わからない。

わからない。

頭の中に疑問がなだれ込んできて、フリーズしてしまった。

「何モンだっ……⁉」

呆然《ぼうぜん》とする黒を引《ひ》き倒《たお》し、庸一がその上に馬乗りとなる。

「…………って、あれ？」

そして、黒の顔を見ながらパチクリと数度目を瞬《また》かせた。

「黒……か？」

強張《こわば》っていた庸一の全身から、徐々《じょじょ》に力が抜けていく。

「なんだよ……驚《おどろ》かすなっての……」

その頃になって、ようやく黒の頭も再び回り始めた。

「…………驚かすな、はこっちの台詞じゃわい」

どうにか、軽口で喉《のど》を震わせる。

「いきなり押し倒すとは、いつの間にか随分とお主も積極的になったもんじゃのう？」

「えっ……？　あっ」

そこで初めて、庸一も自分たちの体勢に気付いたらしい。

「悪い」

軽く謝《あやま》って、黒の上から身体《からだ》をどかせる。

「なんか、殺気を感じた気がしたもんだからさぁ……寝《ね》ぼけてたのかな……？」

どうやら、自分自身でも先《さき》の行動を取った理由を測りかねているらしい。

「殺気て、お主……」

笑い飛ばそうとして、自身の顔が笑みを形作っていないことに気付いた。

恐らく、理由は二つ。

一つは、実際に庸一が『何か』を察知したとしか思えないタイミングで危機を脱《だつ》する場面を今までに何度も目にしたことがあるため。

それから、もう一つは。

（また、同じ光景……じゃが……）

庸一の手を、自らの手で貫く場面。

それを幻視《げんし》するのも、もう何度目だろう。

けれど今回は、今までよりずっと鮮明《せんめい》で生々しいものだった気がして。

どうしても、顔が強張ってしまった。

「く、ふふっ」

それでも無理やりに、口元を歪《ゆが》ませる。

「妾が、魔王《まおう》とやらの本能を思い出して本当にお主を殺すつもりじゃったとしたら？」

「ははっ、何言ってんだか」

きっと今の黒の顔に貼《は》り付いているのは笑みとは到底《とうてい》呼べないようなものだったろうけれど、暗闇のせいか庸一に訝《いぶか》しんだ様子はなかった。

「確かに出会った当初は全力で疑ってたけど、今更お前にそんな意思があるだなんて考えるほど浅い付き合いじゃねーよ。前世とは魂の在り様が異なるって環も言ってたけど、実際あの禍々《まがまが》しさみたいなもんが今の黒には全然感じられないしな」

庸一の方の笑みは、特に思うところもなさそうなものである。

普段《ふだん》のキャラを意識するならば、「厨二病乙《ちゅうにびょうおつ》」とでも言ってやるべき場面だろう。

けれど、今はとてもじゃないがそんな気分にはなれなかった。

先程己《さきほどおのれ》が口にした言葉に対して、自分で驚いていたためである。

――妾が、魔王とやらの本能を思い出して本当にお主を殺すつもりじゃったとしたら？

それが、妙にストンと胸に落ちてきたのだから。

# 第六章　青天霹靂《せいてんへきれき》の異変



宿泊施設《しゅくはくしせつ》で一晩を過ごした後の、林間学校二日目。

「くぁ……」

山を下りながら、黒《くろ》は大口を開けてあくびしていた。

「なんだ黒、寝不足《ねぶそく》か？」

隣《となり》を歩く庸一《よういち》が、何気ない調子で尋ねてくる。

なお、道なき道を駆《か》け上《あ》がって行った昨日とは違って、本日は普通に整備された山道を普通のペースで歩いている。山頂でまた庸一を巡《めぐ》るあれこれがあったりなかったりして出発が大幅《おおはば》に遅《おく》れたため、現在庸一たちは最後尾《さいこうび》であった。

「ん……あぁ、そうじゃの」

あくびによって目の端に浮かんできた涙《なみだ》を指で掬《すく》い取《と》りながら、黒は曖昧《あいまい》に頷く。

「魔王、結局寝なかったのか？」

「寝不足は美容の大敵ですわよ？」

話に加わる光《ひかり》と環《たまき》、こちらは二人共シャッキリした顔であった。ちなみに光は今日も当然の如《ごと》く木刀片手だが、もはやそこにツッコミを入れる者はいない。

「誰《だれ》のせいじゃと思うとるんじゃ……」

環と光の顔を睨みつける黒。

「お主らが結局朝方までジャンケンしとるから、妾帰るに帰れんかったんじゃろが……」

そう。環と光の白熱した勝負は数時間に及《およ》び……というか、結局決着が付かなかったのである。放置して自分の部屋に戻《もど》ろうにも、黒一人では正規ルートを通らずに五階から脱《だっ》出《しゅつ》することなど不可能なのであった。

「ちゅーか、最終的に『一緒《いっしょ》に入る』っちゅー選択肢《せんたくし》を取るんなら最初からそうすりゃよかったじゃろうに……完全に無駄《むだ》な時間じゃったぞ、あれ」

「まぁ……そうだな……」

光も反省しているのか、渋《しぶ》い表情だ。

「というか魔王、抜け駆《が》けして貴女一人が美味《おい》しい思いをしてズルいですわよ!?　結局、兄様も完全に起きてしまわれて寝顔を拝見出来ませんでしたし！」

環の方は、自分を棚《たな》に上げて憤《いきどお》っている様子。

「お主、昨日から何回言うとるんじゃよそれ……自業自得《じごうじとく》、以外の言葉がないわ……」

そして黒は、昨日から何度もこの返しをしているのであった。

そんなこんなで、寝不足なのである。

……というのが、表向きの理由であった。

実際のところは、部屋に戻ってから少しは眠《ねむ》れる時間もあったのだが。

(眠ると、妾が妾でなくなってしまうような気がして怖《こわ》かったんじゃよな……)

そんな恐怖に駆られて、一睡《いっすい》も出来なかったのだ。

「……ちゅーか、じゃな」

今も胸の内に燻《くすぶ》るその恐怖を誤魔化すべく、軽口を叩《たた》く。

「お主らもほとんど寝てないじゃろうに、あんまり眠そうではないの？」

「まぁ、魔力《まりょく》を全身に巡らせれば多少の無茶《むちゃ》は利くからな」

「後で反動が来るので、あまり多用は出来ませんけれど……って、こんなこと魔王を相手に説明するまでもないでしょうに」

「お、おぅ……そうじゃな……」

実際に元気そうな二人を見て、病は気から的なアレなのかと半笑いで頷いた。

「くぁ……」

ぼんやりとそんなことを考えていると、またあくびが漏《も》れる。

「魔王……もう少し、口元を隠《かく》すとかないのか……？」

「慎《つつし》みが足りませんわよ？」

黒に向けられる二人の目は、呆れ交じりのものであった。

「事ある毎《ごと》にホテルだの匂いだのと言うとる輩《やから》に言われとうないわ……」

「私までその分類に入れるのはやめてくれないか……」

雑に返すと、光が心底嫌そうな顔になる。

「にしても、残るイベントが下山だけっちゅーのも、テンションが上がらんのぅ」

「お前、登ってる時もテンション低かったじゃん……」

退屈を紛らわせるために呟くと、苦笑を浮《う》かべる庸一。

「ヨーイチよ、なんぞ面白い話でもないのかえ？」

「無茶振《むちゃぶ》りきたな……」

その苦笑が、更《さら》に深まった。

「けどまぁ、そういう意味ではちょうどいいんじゃないか？」

それが、今度はどこかイタズラっぽい笑みに変化する。

「話でこそないけど、黒好みの展開であるだろ」

「はぁん……？」

言っている意味がわからず、黒は眉根《まゆね》を寄せた。

「みんな、気付いてるな？」

しかし説明する気はないらしく、庸一は光と環へと目配せを送る。

「当然だ。四人、だな」

「こちらから仕掛《しか》けて、殲滅致《せんめついた》しますか？」

何が、と言わずとも光と環には通じているようだ。

「まぁ一応、用件は聞いとこうぜ。ワンチャン、友好的な可能性もなくはないし」

「その可能性は微粒子《びりゅうし》レベルだとは思うが……まぁ、異存はない」

「わたくしは、兄様に従うまでですわ」

どうやらそれで話し合いは終わったようで、三人は一つ頷き合う。

「何の話……」

じゃ？　と、問おうとしたところで。

「……あぁ、そういうことかえ」

黒も、遅れて彼《かれ》らの言葉の意味に気付く。

直後、光の背後の茂《しげ》みがガサガサッと大きく動いた。かと思えば、そこから四人の男が飛び出してくる。ガッチリとした筋骨隆々《りゅうりゅう》の体格で、全員が目出《めだ》し帽《ぼう》を装着していた。

「動くな！」

先頭の一人が後ろから光を羽交《はが》い締《じ》めにして、その顔にナイフを突《つ》きつける。

「暗養寺《あんようじ》黒だな⁉　お友達に怪我《けが》をさせたくなかったら、大人しくしていろ！」

その言葉だけで、男たちの目的も概《おおむ》ね察せられた。

「あー……」

黒は、視線を上に向けて木の葉に遮《さえぎ》られた空を見上げる。

「んー……」

次いで俯《うつむ》き、今度は踏み固《かた》められた山道へと目を落とした。

「うーむ……」

最後に、光の方へと視線を向ける。

「一つ、疑問なんじゃがな」

「あん……？」

疑問の声を上げる男。どうやら自分への言葉だと思ったらしいが、黒が話しかけている相手は光である。実にいつもの通りの、落ち着いた口調。

「妾たちって、友達なんかの？」

「うっそだろ君、よりにもよってこの場面で出す質問がそれか⁉」

当の光も、突きつけられたナイフを気にする風もなくツッコミを入れていた。

「というか結構一緒に遊んだりしているし、普通に友達だろう⁉　いやもうこの際百歩譲《ゆず》って普段は友達だと思っていないにしても、ここは素直《すなお》に頷いておけばいいじゃないか！　なぜわざわざ流れを遮ってまで質問するんだ⁉」

「すまぬ、ちょっと気になったものでついな……」

「つい、で私の心をザックザクに傷つけるのはやめてくれないか⁉」

若干涙目《じやつかんなみだめ》になる光だが、恐らくその理由は突きつけられたナイフのせいではあるまい。

「そうだな、黒。今のは良くなかったぞ」

「友達が少ないことが光さんの悩《なや》みだと、貴女もご存知《ぞんじ》でしょうに」

「君たちも、生温かい目で見てくるのはやめてくれ！　それ、思いやりじゃなくてただの追撃《ついげき》だからな⁉　あと、友達少なくもない！　高校に入ってから出来てないだけ！」

「光はそれ毎回言うけどさ、自分で言ってて虚《むな》しくならねぇの？」

「なんというか、本当に気にしてるんだな……というのが察せられてしまいますわよね」

「言うて、言い訳にもなっとらんしな」

「ついに優《やさ》しさというオブラートにすら包まれていない物言いになってきたな⁉」

そんな風にやいのやいのと騒《さわ》ぐ様は、全く以《もつ》ていつもの四人であった。

「……って」

しばしそれを呆然と眺めていた男が、ハッとした様子を見せる。

「おいこらお前ら、これが見えねぇのか⁉」

と、光に突きつけたナイフを大きく上下させた。

「まさか、偽物だと思ってんじゃねぇだろうな……⁉」

ギリ、と歯を噛《か》み締《し》めている様から随分《ずいぶん》と焦《じ》れているのが見て取れる。

「当然見えてるし、本物なのも見ればわかるな」

「兄様のおっしゃる通りです」

「妾《わらわ》的には見てもわからんが、まぁこの場面で偽物使う輩がいればただのアホじゃろうな」

「私からはイマイチ見えないが、なんとなく肌《はだ》の感覚的に本物の刃物《はもの》なのはわかる」

律儀《りちぎ》に、質問を字面《じづら》通り受け取った答えを返す一同。

「そういうことを言ってんじゃねぇんだよ！　この嬢《じょう》ちゃんの顔に一生消えない傷を付けるのなんて、簡単なことなんだからな……⁉」

「やー、それはどうかなー」

「正直、難易度はベリーハードですわよね」

庸一と環が苦笑を浮かべた。

「……流石に、ちっとは心配してやらんと可哀《かわい》そうではないかえ？」

続いた黒の言葉に、光が感極《かんきわ》まったように目を見開く。

「魔王……！　君は実はいい奴《やつ》だって信じていたぞ……！」

「まぁ、似たようなコメントが続くのもどうかと思うて逆張りしただけなんじゃけども」

「魔王……！　君は適当な奴だってずっと思っていたぞ……！」

続いた黒の言葉に、光が諦《あきら》めたように目を閉じた。

なんて、四人の調子はやっぱり変わらず。

「こ、のっ……！」

業《ごう》を煮《に》やしたようで、男がナイフを大きく振《ふ》り上げた。

「思い知らせてやる！」

その刃《は》が、光に突き立《た》てられる……その、直前。

「ほっ、と」

軽い掛《か》け声と共に、光が男の腕《うで》を掴《つか》んで止めた。

「えっ……？　あれっ？」

男は身体を揺《ゆ》するが、腕はびくとも動いていない。

客観的に見れば細身の光が筋骨隆々の男の腕を完全に御《ぎょ》している様はどこかトリックア

ートじみてすらいて、男が首を捻《ひね》るのも納得《なっとく》出来るところであると言えよう。

「おい、いつまで遊んでるんだ」

仲間も彼がふざけていると思ったのか、後ろに控《ひか》えていた男の一人が前に出た。

「あのねぇ、お嬢さん。もしかして、ＳＰが駆けつけてくれることを期待して時間稼《かせ》ぎでもしているのかな？　残念ながら奴らがすぐ助けに来れる位置にいないことは確認《かくにん》済みだし、そっちの足止めも用意してんだよねぇ」

男は、ゆっくりと言い聞かせるようにそう説明する。その内容が確かなら、どうやら、ただのチンピラの類ではなくそれなりに組織立って動いている連中らしい。

「あー……まぁ、なんちゅーんじゃろな」

それでも、黒の態度に変化は生じない。

「ぶっちゃけ説明してやる義理なぞないが、妾は優しいからの。お主らにも理解出来るよう、ちゃんと筋道立てて教えてやろう。これがシャバで聞く最後の話になるんじゃしな」

「はぁ……？」

そんな黒を、男は全力で訝しんでいる風であった。

「のぅ、お主。逆に考えてみてはどうかの？」

そんな彼に対して、黒は人差し指を立てる。

「当たり前じゃが、こういった事態を想定しとらんようなアホなぞをウチが雇《やと》っとるはずはないわけじゃ。にも拘らず、なぜSPが妾から離《はな》れとるんか、っちゅー話じゃよな」

「チッ……もういい」

話の途中で男は舌打ちし、仲間たちの方へと顔を向けた。

「やっちまうぞ！　ターゲット以外は殺しても構わん！」

彼がリーダー格なのか、指示に従って後ろにいた二人が動き出す。

「せっかちな男じゃのう……まぁ良い、先の続きじゃが」

男たちは、一人が庸一、一人が環、とそれぞれ相手を定めたようだ。

「なにゆえ妾がこれほどに無防備なのかっちゅーとじゃな。あんまり近くをSPがウロチョロするのを好かん、という妾の意向もあるにはあるんじゃけども」

二人も大ぶりなナイフを手にしており、その構えから素人《しろうと》でないことは一目でわかる。

が、しかし。

「危ないから、人に刃物を向けるのはやめような？」

庸一はナイフを持つ相手の手を押《お》さえ、もう片方の手で男の顎《あご》に掌底《しょうてい》を放った。

グルンと男の目が回り、その場に倒れ込む。

「汚《きたな》い手で触れようとしないでいただけます？」

環に至っては相手の額に指先を当てたようにしか見えなかったのに、それだけで大の男がバタンと倒れ伏《ふ》した。

「それじゃ、私もそろそろ」

未《いま》だ囚《とら》われたままの格好だった光も、僅《わず》かに目を細める。

「ほい」

「ぐがっ⁉」

傍目《はため》には木刀の柄頭《つかがしら》で軽く男の腕を小突《こづ》いただけに見えたが、顔を苦痛に歪める男の様子から察するに結構な痛みを伴う攻撃《こうげき》だったのだろう。拘束《こうそく》も緩《ゆる》んだため、その隙《すき》に光はスルッと腕をすり抜《ぬ》け男の背後に回る。そして、男の襟首《えりくび》を掴んでキュッと締めた。

「ぐえっ……⁉」

数秒も保《も》たず、この男も白目を剥《む》いて落ちる。

「ん、なっ……⁉」

一瞬《いっしゅん》で逆転した形勢――そもそも黒たちからすれば、一度とて向こうに傾《かたむ》いていたとは思っていなかったわけだが――に、驚愕の表情を浮かべるリーダー格の男。

「ぶっちゃけ、ウチのSPよりコヤツらの方が強いんじゃよなぁ」

黒としてもその事実に対する信じがたい気持ちが未だ完全には拭《ぬぐ》い去《さ》れておらず、『答え合わせ』は苦笑《くしょう》を伴った。

「チッ……クソがっ！」

リーダー格の男が駆け出《だ》す。その目は、真《ま》っ直《す》ぐ黒に向けられていた。せめてターゲットだけは連れ去ることを試みよう、といった魂胆《こんたん》だろうか。

「ちなみに、じゃが」

「おぉぉぉぉぉぉぉぉぉぉぉぉぉぉぉぉぉ！」

黒が半身に構えたところに、男が気合いの声と共に襲《おそ》いかかった。

黒は慌《あわ》てることなく、相手の襟口を取って『崩《くず》し』に入る。男は体幹もしっかり鍛《きた》えているようで、僅かに揺らいだだけだった。だが、黒にとってはそれで十分。男の懐《ふところ》に自ら潜《もぐ》り込む形で動いて、地面を蹴《け》る。男の勢いをそのまま利用し、クルンと縦に半回転。男と一緒に宙を舞《ま》った黒は、落下に合わせて相手を地面に叩きつけた。

「ぐぁっ……!?」

肺腑《はいふ》に溜《た》まっていた空気と共に、男が呻《うめ》き声を吐《は》き出す。

「妾も、多少は『やる』方じゃぞ？」

それこそこんな時のために、黒自身も幼い頃から一流の指導者の下で護身術を学んでいるのだ。もっとも、庸一たちと比べると数段落ちるのは黒も認めるところではあるが。

（ちゅーか、コヤツらが異常なんじゃよなぁ……言うて妾、結構強い方じゃぞ……？　いくつか免許皆伝《めんきよかいでん》も受けとるし……）

苦笑気味に笑いながら、男の『処理』にかかる。

（にしても……妾の誘拐《ゆうかい》なんぞ一件も成功例がないっちゅーに、次から次へとよう現れるもんじゃな……前に来たんはいつじゃったか……）

この手の作業も慣れたもので、周囲を眺めながらぼんやり考え事をする余裕《よゆう》もあった。

（さて、そろそろ落ちた頃合《ころあ》いかのぅ？）

と、手元を確認しようとしたところで。

「ちょっ……!?　おい、黒っ!?」

「んあ……？　なんじゃい、そんなに慌てよって」

声を荒《あら》らげた庸一に肩を揺らされ、黒は首を捻る。

「いや、なんじゃいって！　いくらなんでも殺すのはマズいだろ!?」

「はぁん？」

庸一の言葉に眉《まゆ》を顰《ひそ》めつつ、今度こそ手元に目を落とした。

（普通に落としとるだけじゃっちゅーのに、何を大げさな）

そう、思っていた黒だったが。

「っ⁉」

男はとっくに意識を失って顔が土気色になっているにも拘らず、黒はその頸動脈《けいどうみゃく》を未だ強く圧迫《あっぱく》し続けていた。そのことに気付いた瞬間《しゅんかん》、慌てて手を離す。

つい、うっかり……などということは、ありえない。

はず、だった。

黒が学んできたのはあくまで護身術であり、人を殺す術ではない。『やりすぎ』ないようにする力加減は十二分に身体に染《し》み付いているのだ。たとえ目を離し別のところに気を取られていたとしても自然に加減が出来るレベルで、である。

（……なら、これは何じゃと言うんじゃ？）

自問するが、答えは出なかった。

とそこで、ハタと傍《かたわ》らの存在を思い出す。

「く、ふふ……脅《おど》しに決まっとるじゃろうが。まだ周囲に仲間がいるやもしれぬからの。妾はここまでやるかもしれんぞ？　と、見せてやったわけじゃ」

「そ、そうか……まぁ、そうだよな……とりあえず、近くに仲間らしき奴の気配はないから大丈夫《だいじょうぶ》だ。もう放してやっていいんじゃないか？」

「あぁ、うむ」

男から離れると、心配げだった庸一の表情がようやくホッとしたものとなった。

「魔王、迫真《はくしん》の演技でしたわね。わたくしも、普通に殺すのかと思いましたわ」

「本物の殺気を放っているように感じられたものな。流石は魔王、といったところか」

環と光は、どこか感心したような面持《おもも》ちである。

「……のう、ヨーイチ」

自分の口から出てきた声は、思った以上に弱々しいものであった。

「妾は……」

そっと、己の胸を押さえる。

（この感覚は……何なんじゃ……？）

そこに、冷たい何かが宿っているような気がして、。

「妾は、怖い……」

その冷たさに押されて、弱音が口を衝《つ》いて出る。

「己が、己でなくなっていくようで……」

「えっ……？」

庸一が、疑問の声を上げた。恐《おそ》らく、何のことかわからなかったのだろう。

それはそうだ。黒自身でさえも、自分が何を言っているのかわかっていないのだから。

「……な、なーんちゃって！　じゃ！」

だから、どうにか表情を取り繕《つくろ》って誤魔化《ごまか》した。

誤魔化す相手は、誰よりも自分自身。

「お主ら厨二病患者《かんじゃ》どもは、こういう話が大好きじゃろ⁉　妾からのサービス、っちゅーやつじゃ！　感謝するが良いぞ！」

だから全力で、精一杯《せいいっぱい》におちゃらける。

「なんだよ……心配させるなっての」

「というか魔王、何度も言っているだろう。庸一はともかく、私までそういうのを喜ぶという括《くく》りに入れるのはやめてくれないか」

「俺《おれ》は純粋な厨二病だって前提で話すのもやめてもらえる？」

「わたくしは、兄様と共に歩めるのであれば如何《いか》なる羞恥《しゅうち》にも耐《た》えてみます……！」

「なんか悲壮《ひそう》な覚悟《かくご》浮かべんなよ⁉　あと、俺の過去を羞恥扱《あつか》いするのもやめて差し上げろ！　否定出来る要素がないから！」

目の前で交《か》わされるそんなやり取りに、黒もホッとした気持ちになってきた。

（まったく、毎度コヤツらといると……）

微苦笑《びくしょう》を浮かべて。

（退屈でかなわぬなぁ）
己の内に、浮かんだ思考に。
「…………………は？」
黒は、呆《ほう》けた声を上げた。
（退屈せぬ……と、考えたはずなのに）
それは、いつも思っていることで。
実際ここ数年、黒はかつての退屈とは無縁《むえん》であった。
庸一と出会い、光が加わり、環がやってきて。
そんな三人との日々を、黒は。
（退屈でたまらぬのぅ）
間違いなく、そう考えている。
「は……？　え……？」
楽しくて、退屈しない日々。
それが、この上なく退屈に感じる。
相反する、どちらも本心としか思えない感情に、黒は大きく戸惑《とまど》った。
「おいおい、またかよ黒？」

そんな黒を見て、庸一が苦笑を浮かべる。
「流石にワンパターンですわよ？」
環は、呆《あき》れ顔《がお》であった。
「というか、いい加減この人たちを魔王のとこのＳＰさんたちに引き渡《わた》さないか？」
光は、気絶する男たちのことが気になっている様子だ。
（嗚呼《ああ》）
そんな三人に対して。
（多少は、頑丈《がんじょう》そうなオモチャじゃな）
そう、思った。
三人に向けて、手を伸《の》ばす。
『……？』
黒の行動の意味がわからなかったらしく、三人は揃《そろ》って首を傾《かし》げた。
そんな三人の仕草が、面白《おもしろ》くて。
否。
そんな三人で遊べる、ことが、楽しみで。
「くはは」

黒は、笑った。

奴らは油断しきっている。こちらを信頼《しんらい》しきっている。

嗚呼、それはなんと。

「愚《おろ》かな」

少しだ。あまり力を入れすぎるのは良くない。それでは、すぐに壊《こわ》れてしまう。

まぁ、多少壊れたところで……。

「おい、黒……？　やっぱりお前、マジでどっか調子が悪いんじゃ……？」

「っ⁉」

再び庸一が心配げな表情を浮かべたところで、ハッとした。

（妾は今、何を……⁉）

本気で考えていた。三人を壊すことを。

そして、それが出来ると疑っていなかった。仮に自分が殺意を持って襲いかかったとしても、この三人の誰にも勝てるはずはないというのに。少し指先に力を込めるだけで……それで何かが起こるわけもないのに、それで全《すべ》てが終わると当たり前に考えていた。

（起こるに決まっておろう？　終わるに決まっておろう？）

その考えを、他《ほか》ならぬ黒自身が否定する。

（さぁ、遊ぼうぞ？）

その声に、従いそうになる。

否。その声が、黒の身体を従えようとしてくる。

「っ……！」

その衝動《しょうどう》に抗《あらが》うため……か、何なのか。黒自身にもわからなかったけれど。

とにかくこの場にいると、何か良くないことが起こりそうだという予感が。

あるいは、とても良いことが起こるのだという直感が。

黒の足を、動かした。

「あっ、おい、黒⁉」

庸一の驚きの声を背に、駆け出す。方向なんて気にする余裕はなく、目の前は茂みだ。跳《と》んで避《よ》ける。あまりに大きな跳躍《ちょうやく》となった。それはもはや、飛翔《ひしょう》と呼んだ方が良いだろう。なのに、少しも怖くはない。落ちる。否《いや》、下りているだけだ。着地。全く問題ない。なぜ？　今のは骨折、どころか死んでもおかしくない高さだった。そんなわけがなかろう。

岩や木の枝の上を伝い……踏《ふ》み砕《くだ》きながら、山中を駆ける。

（なぜ……妾は、このようなことが出来るんじゃ……）

駆けながら、考える。

（どういう、ことなんじゃ……？）

気を抜けば、すぐに違和感《いわかん》さえも忘れそうになる。

（妾は今、何を考えておる？）

だから、意識して考える。

（妾の中で、誰が考えておる？）

ハッキリと、自分という存在を意識する。

（妾じゃよ）

なのに、すぐにそれとの境界は曖昧になっていく。

「はぁ……はぁ……はぁ……」

大きく息が切れる。汗《あせ》が吹《ふ》き出す。

運動による影響《えいきょう》ではない。ただひたすらに、それからの圧力によるものだ。

「おーい、黒ー？」

「急にどうしたっていうんですの？」

「君が魔力を行使するとは珍《めずら》しい……というか、現世では初めて見たな」

気が付けば、いつの間にか立ち止まっていたらしい。

庸一たち三人が、追いついてきたようだ。

推測なのは、彼らの方に目を向けられないからだった。
目を向けた瞬間に、何かが始まって終わる。
そんな奇妙《きみよう》で曖昧な、けれど強固な確信が胸にあった。
「黒……」
「来るでないっ！」
この期《ご》に及んで呑気《のんき》さを感じる庸一の声に対して、苛立《いらだ》ち交じりに叫《さけ》ぶ。
（さて）
そして。
（貴様はここまで、のようじゃな）
それが。
（それでは、ようやく）
暗養寺黒として発する、最後の言葉となりそうだった。
（妾の番じゃ）
嬉々《きき》としたその声に、黒の意識は塗《ぬ》り潰されていく。

庸一《よういち》は、背中を向けたままの黒に疑問の声を投げかける。

「……黒《くろ》？」

突如《とつじょ》駆け出し山を無茶苦茶《むちゃくちゃ》に走《はし》り抜けていった黒を、追いかけていった先。山道から大きく逸《そ》れたところに存在する、ちょっとした広場のような場所であった。

その中心で、黒は庸一たちに背を向け蹲《うずくま》っている。

なぜなのだろうか。かつて冒険者《ぼうけんしゃ》として過ごしていた頃《ころ》に培《つちか》われた危機察知能力が、全力で警鐘《けいしょう》を鳴らしているのは。

「一体、どうしたってんだよ……？」

その警鐘を無視して、庸一は黒に向けて歩き出した。本能は、すぐにでも足を止めろと喚《わめ》き立てている。それを、理性で抑《おさ》えつけた。もしこの場にそれほどの危機が潜《ひそ》んでいるというのであれば、尚更彼女《なおさらかのじょ》を救い出さねばなるまい。もっとも、『魔王《まおう》』には不必要なことかもしれないが……それでも、庸一は彼女《かのじょ》の『友人』として足を進める。

「なぁ、黒……？」

黒に向けて、手を伸ばした瞬間。

「っ⁉　兄様！」

「庸一！」

環《たまき》が叫び、光《ひかり》が庸一の肩《かた》を後ろから掴んで強く引いた。

引《ひ》き倒《たお》される形で、庸一は光の少し後方で地面に尻《しり》を突く。

同時に光は木刀を持つ手を前に突き出し、防御《ぼうぎょ》の構えを取った。

だが、しかし。

「ぐ、あっ⁉」

黒の身体《からだ》から吹き出した漆黒に、光は為《な》すすべもなく吹き飛《と》ばされる。

彼女の背負っていたリュックが一部焼き切れ、宙に放《ほう》り投《な》げられた拍子《ひょうし》に中身が散乱。

手にしていた木刀も、光とは別方向に飛んでいった。

そんな光景を視界の端《はし》に映しながら、庸一は目の前の存在を呆然《ぼうぜん》と見つめる。

「嗚呼」

それが、口を開いた。

「随分と」

それが、目を開ける。

「長い、夢を見ていた気分じゃ」

爛々《らんらん》と光る、赤い瞳《ひとみ》。

「平和な世界」

つい先程《さきほど》まで見ていたものと、変わらないはずなのに。

「争いのない生活」

なぜなのだろうか。

「笑い合う日々」

それが、やけに不気味に感じられるのは。

「嗚呼、なんとも」

直感的に、理解する。

「退屈《たいくつ》なことよのぅ」

決定的に、違《ちが》うのだと。

「なんとも、壊しがいのある退屈よ」

それは、恐らく。

「さて、それでは」

暗養寺黒《あんようじ》ではなく。
「つまらん夢は、終わらせるとしようか」
魔王《まおう》……エイティ・バオゥ。
「簡単には、壊れてくれるなよ？」
ニッと不敵に笑って、庸一に向けて手をかざす。
何もせずとも可視化されるレベルで漏れ出《で》ている漆黒の魔力が、その手から噴出《ふんしゅつ》した。
（……あ）
瞬間、庸一は理解する。
前世での経験。そして、現世での鍛錬《たんれん》。
（これ、俺、死……）
そんなものは、これの前では何の意味もなく吹き飛ぶのだと。
久しく忘れていた無力感。前世では常に付き纏《まと》っていたそれを、思い出した。
庸一の二度目の生は、ここで終わりを迎《むか》える。
またも、何を成すこともなく終わる。
そう、覚悟《かくご》を決め……否。
諦観《ていかん》を、受け入れざるを得なかった。

けれど。

「兄様っ！」

あの時とは、逆の構図と言えるのかもしれない。

「我《わ》が魂《たましい》よ！」

目の前に、自分より幾分《いくぶん》小さな背中が立ちはだかる。

「その全てを賭《と》してでも、絶対なる盾《たて》を！」

両手を翳《かざ》した瞬間、彼女の目の前に障壁《しょうへき》が展開された。

それがギリギリで漆黒を防いでくれて、自分は命を失わずに済んだらしい。

「メーデン……」

黒いローブに包まれたその後ろ姿から、妹の名を呆然と呟《つぶや》く。

「……っ⁉」

しかし一瞬の後、それが幻視《げんし》の類《たぐい》であったことに気付いた。

「環っ！」

今の彼女は、小堀《こぼり》高校指定のジャージと猫耳帽子《ねこみみぼうし》を着用した女子高生なのだから。

「馬鹿《ばか》っ、無茶《むちゃ》すんな！　俺のことなんて放って……！」

「それは出来かねます！」

「お前、こんな時まで……！」

ブラコンを拗《こじ》らせた妹に、ジリジリと心が焦れる。

「実際、わたくしが今、兄様をお守りしている理由の大半は、わたくしの個人的な気持ち……兄様を二度も失いたくない、という想いからのものです……！」

息も絶え絶えになりながら、環は背中越《ご》しにそう語ってきた。

「ですが！」

真剣味《しんけんみ》を帯びた声色《こわいろ》は、庸一に甘《あま》えてくる『魂ノ井《たまのい》環』のそれではなくて。

かつて勇者と共に旅立った、『メーデン・エクサ』と同じ響《ひび》きであった。

「理に従って考えても、ここで兄様という戦力を失うわけにはいかないのです！」

「は……？」

半ば無意識に、呆けた声が漏《も》れる。まさか自分が、魔王に対する『戦力』とカウントされる日が来るとは思ってもみなかったためだ。

「恐らく、この世界で魔王に抗える可能性があるのはこの三人だけなのですから……！」

けれど、そう言われてハッとした。

確かにエフ・エクサは前の世界において下から数えた方が早い程度の力量しか持っていなかった。けれど、魔王の脅威を正しく認識《にんしき》している人間ではあった。この世界において

その条件に該当《がいとう》する者は、転生者のみ。そして魔王の脅威を正しく認識していない者が魔王と対峙《たいじ》した場合、恐らく高確率でそれを理解した瞬間には死んでいることだろう。

そういう意味で、囮《おとり》になるなり盾になるなりで多少なりとも役に立てる可能性があるだけで十分『戦力』と呼んで良いのかもしれない。

「とはいえ、このままではジリ貧ですわ……！」

ギリッ、と環が歯を食いしばる気配が伝わってきた。

「聞いていますの、光さん!? 先程から、半分は貴女《あなた》に言ってますのよ!? もしさっきの攻撃で死んだようでしたら、魂引《たましいひ》き抜いて永遠の苦しみを与《あた》えてやりますわよ!?」

環の口調が荒ぶる。それは恐らく、『戦友』に対する気安さゆえなのだろう。本人は否定するかもしれないが、彼女は間違いなく庸一に対するものとは別ベクトルの敬愛を光に対して抱《いだ》いている……と、庸一は思っている。

「げほっ……ふ、ははっ……それは、ちょっと勘弁《かんべん》願いたいな……」

咳《せ》き込んだ後、笑いながら光が立ち上がった。

「危なかった……魔王に引っ張られてこの場の魔素濃度《まそのうど》が前世と同程度にまで上がっていなければ、さっきの一撃《いちげき》で死んでいたかもしれないな……」

調子を確かめるように手を開閉させる彼女に、ひとまず深い傷はなさそうだ。

「そんなわかりきったことを呟いている暇《ひま》があったら、とりあえずこの状況《じょうきょう》をどうにかなさいな！　貴女、それだけが取《と》り柄《え》でしょう！」

「君、こんな場面なのに私に辛辣《しんらつ》すぎないか⁉」

二人のやり取りだけを聞けば、ここがいつもの談笑《だんしょう》の場だと勘違《かんちが》いしそうになる。

「破魔《はま》の力よ！」

けれどもちろん、そんなはずはなくて。

「拳《こぶし》に宿れ！」

表情を引き締めた光の手が、淡《あわ》く輝《かがや》き始めた。

「おぉぉぉぉぉぉぉぉぉぉぉぉぉぉぉ！」

裂帛《れっぱく》の気合いと共に環を追《お》い抜き、障壁とせめぎ合っていた魔王の魔力に向けて拳を振るう。すると輝きが触《ふ》れた部分から漆黒が霧散《むさん》していき、魔王の周囲へと戻《もど》っていった。

「ふぅ……」

環も障壁を消し、ようやく一息つくことが出来たようだ。

「……あぁ」

そこで魔王が、ふと片眉を上げた。

「少し、思い出してきた」

その瞳が、どこかぼんやりと庸一たちのことを映す。

「妾を殺したのは、貴様らであったな」

自らの死について話しているというのに、至極《しごく》どうでもよさげな口調であった。

「くぁ……」

それを証明するかのように、魔王は大きくあくびする。

「にしても、なんとも退屈な存在に成り果てたものよのぅ……」

光に向ける目は、言葉通りつまらなそうな色を帯びていた。

「なんじゃ、その腑抜《ふぬ》けた面は？」

そこには、落胆《らくたん》のような感情も垣間見《かいまみ》える。

「くっ……！　確かに、光の顔が前世の頃に比べて無茶苦茶腑抜けてるってのは俺も常々思っていることではあるからな……！　それを言われると辛《つら》い……！」

「否定出来ぬ事実ですわね……！」

「君たち、どんな時でも私をイジらないと気がすまないのか⁉」

「事実なんじゃし、別にイジりでもないいんじゃないかえ？」

「魔王まで⁉」

と、いう光のツッコミに対して。

「……？」

魔王は、不思議そうに目を瞬《またた》かせて己《おのれ》の口元に手を当てた。

『……？』

その行為《こうい》の意味がわからず、庸一たちも眉根《まゆね》を寄せる。

「ふむ……？」

引き続き、不思議そうに首を傾けてから。

「まぁ、よい」

気を取り直したかのように、魔王は表情を改めた。

「せっかくじゃ、存分に遊ぼうぞ？」

魔王の纏う魔力が、脈動するかのように一瞬強く揺らめく。かと思えば、そこから触手《しょくしゅ》のように無数の漆黒が飛び出して庸一たちへと襲いかかってきた。

『っ……！』

三人、それぞれ大きく跳躍してどうにかそれを回避《かいひ》する。

「ほれほれ、どうした。妾《わらわ》は、まだ魔法すら行使しておらんぞ？」

言葉通り、魔王は未だ垂れ流しの魔力を操《あやつ》っているだけ。

「少しは妾を楽しませるが良い」

手を抜いているのは、明らかだった。

「魔王……！　君に何があったというんだ⁉　なぜ急に私たちを攻撃する⁉　友誼《ゆうぎ》を結べたと思っていたのは、私の幻想《げんそう》だったと言うのか⁉」

「はぁん……？」

光の叫びに、魔王は怪訝《けげん》そうに眉を顰める。

「戯言《たわごと》を。貴様らとは、最初から最後まで殺し合う間柄《あいだがら》でしかなかったであろう」

「……？」

魔王の言葉に真っ先に反応したのは、環であった。

「まさか今の魔王には、この世界での記憶《きおく》が……？」

暴れまわる魔王の魔力を避けながらも、思案顔で呟く。

「で、あるなら……もしかしたら……」

それが、何かを思いついたような表情に変わった。

「兄様！　光さん！　どうにか、魔王……黒さんの人格を引っ張り出してくださいまし！もしかすると、それでどうにかなるかもしれません！」

「人格……⁉」

「今のこいつは、黒とは別の人格ってことか……⁉」

同じく魔力を避けながら、光と庸一が疑問を返した。

「仮定でしかありませんが……！　黒さんが魔王の人格を抑えてくれるようなことがあれば、どうにか魔王の人格を魂の奥底《おくそこ》に封《ふう》じられる……かも、しれません……！」

環の言葉は、珍しく自信なさげなものであった。

「わかった、可能性があるのならそれに賭けよう！」

それでも、庸一は大きく頷《うなず》く。

『友人』と戦わずに済むのなら、それに越したことはない。

「黒！　そこにいるんなら、目を覚ませ！」

魔王へと……黒へと、呼びかける。

「戻ってきてくれ、黒！」

「くはは、何を面妖《めんよう》なこと……を……？」

言葉の途中《とちゆう》で、魔王は目眩《めまい》でも覚えたかのようにクラリとよろめき頭に手を当てた。

「なんじゃ……？　頭の中に覚えのない光景が……妾が、コヤツらと……？」

暴れまわっていた魔力も、僅かに勢いが弱まる。

「流石《さすが》ですわ、兄様！　効いているようですわよ！」

「よーし、私も……！」

環と光の表情も、前向きなものとなってきた。

「魔王……いや、黒！　どうか、戻ってきてくれ！　また一緒《いっしょ》に談笑したり遊んだりしようじゃないか！　実は私は、君とのそんな時間が嫌《きら》いじゃないんだ！」

「チッ……やかましいわ！」

顔をしかめた魔王が手を振《ふ》ると、今度は先程以上に魔力が活性化する。

触手のように伸びてくる漆黒の数も倍増し、避け続ける難易度が大きく上がった。

「ちょっと光さん、貴女の呼びかけで逆に魔王の人格の方が強くなっていません!?　効いているどころか逆効果ではありませんの！」

「いや、流石にそんなことはないだろう!?　今のはむしろ効いているがゆえの苛立ちとか、そういうやつだと思う！　そう思いたい！」

「とにかくここは兄様に任せて、貴女は余計なことを言わないでくださいまし！」

「こういう場面での友への呼びかけが『余計なこと』扱《あつか》いされることなんてある!?」

と、環の会話に気を取られていたせいなのだろうか。

「っ!?　しまっ……！」

光は、行く先に漆黒が回り込んでいることに気付くのが一瞬《いっしゅん》遅《おく》れたようだ。

「危ねぇっ！」

ギリギリで庸一が手を引いたことで、どうにか回避する。しかし、その拍子に光の体勢は大きく崩《くず》れてしまった。それを認識した瞬間、庸一は次の行動を開始する。

「ふんっ！」

光の背中と膝裏《ひざうら》に手を回して、持ち上げた。

そのまま、迫《せま》りくる魔王の魔力を避けるために駆《か》ける。

「兄様、なぜわたくしではなく光さんをお姫様抱《ひめさまだ》っこするんですの⁉」

「お前の方はそれ言えるだけの余裕があるからだよ！」

こんな時なのに抗議《こうぎ》してくる環に叫んでから、とある懸念《けねん》が頭をよぎった。

「環、一応言っとくけどわざと避け損《そこ》なったりするなよ⁉　今のはたまたまどうにかなったけど、マジで死にかねないからな⁉」

「いくらわたくしといえど、そんなことは致《いた》しませんわよ！　光さんじゃあるまいし！」

「まるで私がわざとやったみたいな言い草はやめてくれないか⁉」

「はーん？　兄様の腕《うで》の中からメスの顔で言われても説得力がありませんわね」

「メスの顔って言わないで⁉　というか、そんな顔してないし！」

「では今、何も思うところはないと？」

「い、いや、それはその……やっぱり庸一は逞《たくま》しいなとか、この距離《きょり》はドキドキするなとか、私がお姫様《ひめさま》抱っこされる側になるとは、とか……色々あるはあるけど……」

「お前らな……！」

こんな時にアホな話をするな、とツッコミを入れようとした庸一。

しかし、それよりも一瞬《いっしゅん》早く。

「お主ら、ちっとは空気を読むっちゅーことを知らんのか!? ここはどう考えても、どシリアスな場面じゃろが！ なに突然《とつぜん》ラブコメ始めとんじゃい！」

魔王が、叫んだ。

……否。

その声の調子は、完全に。

「……黒？」

聞き慣《な》れた、暗養寺黒そのものであった。

「…………………今の、声」

唖然《あぜん》としたような表情で、魔王はまた自分の口元に触れる。

「妾が、発したのか……？」

意図してのものではなかったらしく、彼女も困惑《こんわく》の最中にあるようだ。

「……どうやら、黒の人格が別で残ってるってのはマジみたいだな」

先《さき》の言葉で、庸一は確信を抱いた。

暗養寺黒との日々が、確信を抱かせた。

希望は、まだあると。

「……ふっ」

そんな庸一を嘲《あざけ》るように、魔王が笑った。

「なるほど確かに、妾の中に別の人格が存在するというのは事実のようじゃ」

それだけを聞けば、希望が確固たるものになる言葉。

「じゃが」

けれど。

「じゃから、どうした？」

実のところ、庸一の胸に生じたのは希望とは真逆の感情だった。

「妾自身にその認識がなかったがゆえ、先は少々虚《きょ》を突《つ》かれたが……己が内にいる何者かを抑えつける程度、この妾に出来ぬとでも？」

魔王の、傲慢《ごうまん》とも取れる表情。しかしそれは、恐らく彼女の自信の表れだ。

その言葉に一つの嘘《うそ》もないと、否応《いやおうな》無しに理解させる圧倒的《あっとうてき》な強さを感じる。

「さて」

何気ない調子で、魔王が軽く手を上げる。

「我が力よ」

ゾワリ。背筋が震《ふる》えた瞬間《しゅんかん》には、反射的に後ろへと跳んでいた。

「羽虫を散らすが良い」

直後、庸一がいた場所を漆黒が駆け抜《ぬ》ける。今までのような漏れ出るままの漫然《まんぜん》とした魔力とは違う、明確な指向性を持った『魔法』。その直線上にあった全てが、跡形《あとかた》もなく消失した。庸一が避けられたのは、奇跡《きせき》……というより、ただの偶然《ぐうぜん》に近い。

「どこまで保《も》つか、見ものじゃのぅ？」

魔王の顔に浮《う》かぶのは、甚振《いたぶ》るような嗜虐的《しぎゃくてき》な笑《え》みだった。

「や、やめろ黒！　お前は、こんなことする奴《やつ》じゃ……」

「我が力よ」

庸一の声に反応を示すことすらなく、魔王に先のような揺《ゆ》らぎは一切《いっさい》感じられない。

「全てを無に帰せ」

今度は、背筋が震えることさえなかった。

（これは……俺じゃ避けられねぇな）

前世では何度か経験している、死に瀕《ひん》した際の思考加速。既《すで》にそれが始まっているらしく、妙《みよう》に客観的にその事実を理解した。視界は白黒で、全てがスローモーションに見える。いつの間にか、音は一切聞こえなくなっていた。

魔王の身体を中心として、半球状に漆黒が広がる。

スローモーションの世界にあってさえ、庸一ではほとんど視認《しにん》出来ない程の速度だった。漆黒は、そのまますぐに庸一のところまで到達《とうたつ》する……かに思えたが、実際にはそうはならなかった。自分の前に、誰《だれ》かの背中が割り込んできたから。

それを認識した瞬間、世界が色と音を取り戻す。

「破魔の力よ、ありったけを！」

目の前に立っているのは、全身を強く輝かせた光であった。濁流《だくりゅう》の中に聳《そび》える大岩のように、光の存在が漆黒を切《き》り裂《さ》き庸一を守っている。

「わ、悪い、助かっ……」

「魔王よ」

漆黒が全て過ぎ去ったところで礼を言おうとしたが、光は振り向《む》く気配もなかった。

「そういえば、前回は問答をする暇もなかったな」

真《ま》っ直《す》ぐ前を見据《みす》えたまま、魔王に話しかける。

「今回も、問答をするつもりなぞ妾にはないが？」

魔王はつまらなさそうな表情ではあったが、ちゃんと答えを返すのは彼女としても光に対しては何か思うところがあるからなのだろうか。

「まぁそう言うな、今は友人関係……だったんだ」

なぜだろうか。光が最後を過去形で終わらせたことに、庸一は酷《ひど》く嫌《いや》な予感を覚えた。

「妾には関係ないな」

「なぁ、魔王」

魔王の言葉を無視して、光は引き続き語りかける。

「君はなぜ、人類を憎《にく》む？」

「憎む？」

ピクリ、魔王の頬が動いた。

「この妾から憎まれるに足る存在じゃと考えるとは、随分《ずいぶん》と傲慢なことよのぅ？」

魔王が、口角を少し持ち上げる。

「……違うというのか？」

庸一から見えるのはその背中だけであり、光の表情はわからない。

「ならば、なぜ……人間界に、侵攻《しんこう》した？」

抑揚《よくよう》の少ない声に如何《いか》なる感情が込められているのかも、読み取れなかった。

「退屈じゃから」

対する魔王の目には、言葉通りの倦怠《けんたい》が浮かんで見える。

「……退屈？」

光が、グッと強く拳を握《にぎ》った。

「ま、暇潰《ひまつぶ》しの一環《いっかん》というやつじゃの。貴様らも幼い頃、戯《たわむ》れに虫や動物を飼うてみたりはせんかったか？　それと、似たようなものじゃ」

「……ならば君は、生まれ変わったこの世界でどう過ごす？」

未《いま》だ抑揚が少なくはあるが、その声には爆発的《ばくはつてき》な感情が籠《こも》っているように聞こえる。

「ふむぅ……？　そうか、今の妾は……別の世界に転生した、ということか」

どうやら魔王は、ようやくその事実に気付いたらしい。

「そうじゃなぁ、人の子らを支配するというのも存外退屈じゃったしのぅ」

魔王は、そこに答えを探すかのように一度視線を左右に動かした。

「今度は、妾以外の生命を根絶やしにするのも一興か？」

恐《おそ》らくは、単なる思いつきだろう。しかしそれを口にした瞬間彼女《しゅんかんかのじょ》の目にほんの少しだけ楽しげな色が浮かび、本気で実行しかねない気配が感じられた。

「……そうか」

一度力なく手を開いた後、もう一度……先程以上に強く強く、光の拳が握られる。

「庸一」

背中越しに、光が振り返《かえ》ってきた。

「魔王……いや」

いつもの印象とは全く異なる、冷たささえ感じる無表情。

「暗養寺黒のことは」

嗚呼《ああ》、それは恐らく天ケ谷《あまがや》光ではなくて。

「諦《あきら》めよう」

エルビィ・フォーチュンとしての表情なのだろう。

『勇者』としての言葉だったのだろう。

「……………えっ？」

知らず、呆《ほう》けた声が口から漏れ出る。

「やはり魔王は、今ここで絶対に止めねばならない存在だ」

言葉の内容は、理解出来ていた。

「光……？　何、言ってんだよ……？」

それでも、問い返さずにはいられなかった。

「申し訳ありませんが、兄様……今回ばかりは、わたくしも光さんに賛成です」

光の隣《となり》に、環が並び立つ。

「魔王が魔法まで行使し始めた以上、いつまでも逃《に》げ回《まわ》れるわけではありません。我々が五体満足でいる今のうちに、目的を殲滅《せんめつ》に切り替《か》えるべきかと。黒さんを取り戻せる可能性は……正直、高いとは言えないようですし」

「……それ、は」

なるほど、その通りである。

庸一だって、理解している。

理性でも、本能でも。

それでも。

「そんなこと……ないよな、黒？」

そんなことは、認められるわけがなくて。

「なぁ、黒……答えてくれよ。そこに、いるんだろ？」

頬を引き攣《つ》らせながら、震える声で呼びかける。

「答えろよ、黒……」

魔王は退屈そうな目を向けてくるのみで、言葉が響く様子は少しもない。

「やっぱり俺《おれ》たちは……殺し合う運命だってのかよ……」

絶望、悲しみ、怒《いか》り、悔《くや》しさ。

様々な感情が、胸に渦《うず》巻《ま》いていた。

「そんなのは、一回死んで全部なくなったんじゃねぇのかよ……！」

徐々《じょじょ》に、声が荒《あら》ぶっていく。

「この世界じゃ、ダチになれたんじゃなかったのかよ！」

ついには、叫び声に。

「答えろ！　暗養寺黒ぉぉぉぉぉぉぉぉぉぉぉぉぉぉぉぉぉぉぉ！」

声が嗄《か》れんばかりに咆哮《ほうこう》しても、やっぱり魔王には……黒には、届かなくて。

「チッ、クショウ……！」

膝《ひざ》を突き、庸一は拳を地面に叩《たた》きつけた。

「兄様……」

そんな庸一に、環が痛ましげな目を向ける。

「少し不謹慎《ふきんしん》ですが……こういう表情の兄様もゾクゾクするほど素敵《すてき》ですわぁ……」

別に痛ましげな目ではなかったようである。

と、そこで。

「いや、少しってレベルじゃない不謹慎さじゃろどう考えても⁉　ちょっとだけ自覚しとるとこが逆にタチ悪いわ！　ちゅーかこの場面でその台詞《せりふ》て、お主自由すぎか⁉」

そんなツッコミが入った。

魔王……否《いや》。

暗養寺黒から。

『……………は？』

一同の疑問の声が重なる。

その中には、魔王のものも含《ふく》まれていた。

「馬鹿な……妾の支配を脱《だつ》した……じゃと……？」

むしろ、一番呆然とした表情を浮かべているのが魔王とさえ言えるかもしれない。

「……まさか」

そんな姿を見て、庸一はピンと一つの可能性に思い至る。

「そういうことなのか？」

自分でも、信じがたい仮説ではあったが。

「昔から、黒は一定以上場のボケ濃度《のうど》が高まるとツッコミを入れずにはいられない奴だった……その習性が、魔王の支配をも上回るとすれば……？」

先程もツッコミを入れた際に黒が出てきたことを考えると、辻褄《つじつま》は合う……気がする。

「流石《さすが》兄様、シャープな視点ですわね！　賭《か》ける価値はありますわ！」

「ええ……？　魔王の支配、そんなのに上回られるの……？」

環が即座《そくざ》に庸一の考えに同調する中、光はちょっと嫌そうな顔をしていた。

「実際、さっきの俺らの呼びかけより全然効いてる感じがするだろ？」

庸一が目を向ける先で、魔王は未だ戸惑《とまど》った表情である。

「よし……！」

決意と共に、庸一は立ち上がった。

「ボケるぞ！　どうにか黒のツッコミを引き出すんだ！」

「嘘でしょ、そんなヒロイン救出方法ある……？」

その提案に、光は半笑いとなる。

「兄様が望むのであれば、わたくし全力でボケましてよ！」

対照的に、環はやる気満々の表情であった。

「以前、冒険者《ぼうけんしゃ》ギルドのカウンターで『モチャマロンウくださ い!』なんて言っている男性がいましたの。だからわたくし、『ここは冒険者ギルドですのよ?』って注意して差し上げたんです。そうしたらその男性、次にこう言ったんです。『モチャケッチョパロ』って。おほほほほ! どうです、おかしいでしょう?」

「スマン、環……! 今必要なの、そういう小粋《こいき》なジョーク的なのじゃないんだ……!」

環から目を背《そむ》け、庸一は光の顔を見やる。

「こういう時に頼《たよ》りになるのは、やっぱり光だよな! さぁ、いつもみたいについイジりたくなってしまうようなボケを放り込んでくれ!」

「こんなことで頼りになると思われたくないんだが!? というかそもそも、普段《ふだん》意図的にボケてるわけでもないんだが!?」

「あら光さん、そうでしたの……?」

「あ、あぁ……それは悪かった……」

「私、ずっとボケていると思われていたのか!? ていうか、ちょっと気まずい感じになるのやめて!? なんか私が可哀《かわい》そうな子みたいになっちゃうだろう!?」

「いやお主ら、こんな時にわっちゃわっちゃするでないわ!? あと魂ノ井、さっきのジョークの笑いどころisどこ⁉　せめて一ボケ一ツッコミどころに留《とど》めんか！」

魔王《まおう》……ではなく黒が、再び叫《さけ》んだ。

「よっしゃ、ツッコミ入ったぞ！」

「わたくしの名前も引き出しました！　かなり黒さんの人格が表に出てきてますわよ！」

庸一がガッツポーズを取り、環も手を叩く。

「一体何の勝負なんだ、これは……」

一方の光は、脱力《だつりょく》した感じになっていた。

「よーし、この調子だ！　環……は、いつも通りでいい！」

「いつも通りでいいんですの……？」

庸一の言葉に、環は不思議そうに首を傾《かし》げる。

「あぁ、たぶんお前の場合はその方が効果的なはずだ……！」

半ば以上確信を持っての発言であった。

「では、兄様の香《かお》りをひたすら嗅《か》いでいれば良いのですね！」

「うん……うん？」

それも環らしいかと思って頷きかけて、「なんかおかしいな？」と思って首を捻《ひね》る。

「では、失礼して……！」

ワクワクした顔で、環が正面から抱きついてきた。

身長差的に、庸一の胸の辺りに環の顔が来る形である。

早速《さっそく》、環の鼻息が荒《あら》くなり始めた。

「クンクンスハスハ……」

「…………」

それを、黙《だま》って受け入れる庸一。

「クンクンスハスハ……」

「…………」

「クンクンスハスハ……」

「…………」

「クンクンスハスハ……」

「…………」

しばし、ただひたすらにそれだけの時間が続いた。

「……いや、無言やめてくれる!?」

場を支配する沈黙《ちんもく》に耐《た》えかねて、真っ先に庸一が叫ぶことになる。

「ていうかなんか流れで頷いちゃったけど、よく考えたらいつもはこんなことしてないだろ！　変なとこで変化球投げてくんなよ⁉」

　黒を待つ前に、思わずツッコミを入れてしまった。

「クンクンスハスハ……はにゃぁん……にゃーん……にゃーん……」

「……いやなんかソヤツ、変な感じにトリップし始めとらんか⁉　ちゅーか、単純にちょっと気持ち悪いんじゃが！　だいぶコヤツの奇行《きこう》にも慣れてきたような気がしておったが、完全に気のせいじゃったわ！」

　と、ようやく黒のツッコミも入る。

「いや待て黒、気持ち悪くはないだろ。むしろ可愛いだろ」

「ほんでお主のその、魂ノ井に対してだけガバガバになる常識何なんじゃ⁉」

　別にボケたつもりはなかったのだが、またツッコミが入った。

「……ん？」

　若干傍観者《じやつかんぼうかんしや》気味になっていた光が、そこでふと天を見上げる。

「神託《しんたく》……？　神よ、この危機を乗《の》り越《こ》える知恵《ちえ》を授《さず》けてくださるというのですか……⁉　はい……はい……え？　魔王が……？　武器……？　あのすみません、もう一度……あの、ちょっと声が遠いようで……あっ、そっちも聞こえづらい？　じゃあ、お互《たが》いもう少し大きな声で……あっはい！　お互い！　大きな声で！　って、神よ？　もしもーし、神よー？

聞こえていますかー？　あれっ、これ一旦《いったん》切った方がいいのかな……？」

「えーい、ボケの欲張りセットか⁉　お主ら、全部盛りな感じやめい！」

「あっ、でもなんか魔王に効いているみたいです！　ありがとうございます神よ！」

またも飛び出した黒のツッコミを受けて、光は宙に向かってペコペコと頭を下げた。

「ふぇっふぇっ……」

そんな中、笑い声と共に場に新たな人物が現れる。

それは、誰あろう。

「売店の婆《ばあ》ちゃん……⁉」

麓《ふもと》の売店の店主であった。

「婆ちゃん、ここは危ないから……」

慌《あわ》てて、退去を促《うなが》そうとする庸一であったが。

「どうやら、始まっていたようですなぁ」

「えっ……？」

黒いオーラ的なものを纏《まと》う少女、という異常事態を見ても動じず……それどころか意味深な言葉を口にする老婆《ろうば》に、庸一は一つの可能性に思い至る。

「まさか、魔王のことを……知って、るんですか……⁉」

それも先《さき》の発言は、まるでこの状況を予期していたかのようだった。

「魔王の人格が目覚めた理由を、知ってるっていうんですか……⁉　もしかして、それをどうにかする方法まで知ってるから来てくれたとか……⁉」

かなりの希望的観測であることは、自覚している。

「ふぇっふぇっふぇっ、いかにも」

しかし老婆は大きく頷いて、庸一の表情がパッと明るくなった。

「あたしゃ、米村《よねむら》マオと申しますが？」

「いや、そんなことは聞いてないです⁉」

かと思えばなぜか突如《とつじょ》自己紹介《しょうかい》を始めた老婆に、思わずツッコミを入れてしまった。

「……待て、庸一」

とそこで、顎《あご》に指を当て思案顔となる光。

「マオという『魔王』と似た響きの名を持つ人物と接触《せっしょく》したことによって魔王の人格が刺《し》激《げき》され、その結果表に出てくるようになったという可能性は……？」

「ないだろ⁉　そんな覚醒《かくせい》理由嫌すぎるわ⁉」

真顔でトンチキな推測を述べる光にもツッコミを入れる。状況を考えれば黒のツッコミを待つべきなのだろうが、庸一とてボケをあまり放置出来る方ではないのであった。

「そんなことより……婆ちゃん、さっきの『始まっていた』って言葉の意味は……？」

気を取り直し、先の発言の真意を確かめようと老婆の方へと目を向け直す。

「えええぇ、もう紅葉が始まっておりますなぁ……」

するとそこには、フルフルと震える指でめちゃくちゃ緑色の葉が生《お》い茂《しげ》っている木々を指し感慨深《かんがいぶか》げな表情を浮かべる老婆の姿があった。

「あっ駄目《だめ》だこの人、たぶんちょっと状況認識《じょうきょうにんしき》に難がある感じの方だ！」

先の発言も別に意味深でもなんでもなかったと、なんとなく察した庸一である。

「ええそうです、あたしゃおはぎはこしあん派でねぇ」

見えない誰かと会話しながら、老婆はゆったりとした足取りでその場を去っていった。

「……いや、結局何の関係もなかったんかい⁉」

一瞬遅れて、黒のツッコミが入る。

「ついに部外者までボケ始めたんじゃが⁉　二重の意味で！」

ぜぇはぁ……何度も叫んだせいか、黒の息が切れ始めた。

「くっ……！」

大きく顔を俯《うつむ》ける黒。

「……よもや」

少しだけ間を空けた後、再びゆっくり顔が上がり始めた。

「よもや、この妾が……」

改めて確認するまでもなくわかる。

「このような馬鹿《ばか》らしいことで……追《お》い詰《つ》められようとはな……！」

苦悶《くもん》に歪《ゆが》むその顔は、またも魔王のものに戻《もど》っていた。

場の緊張感《きんちょうかん》が一気に高まる。

「くっ……！　それについては、本当にすまない魔王……！　かつて君を滅《ほろ》ぼす使命を負っていた身としては、正直この状況《じょうきょう》を心苦しく思っている……！」

「ほほほほ！　手段など、どうでもいいのです！　勝てば官軍、この世界には良い言葉がありますわねぇ！　魔王、今どんなお気持ちですの？　おほほほほほ！」

「だから君それ完全に悪役側の台詞だからな⁉」

場の緊張感が高まったのかは、非常に微妙《びみょう》なところであった。

「……認めよう」

徐々に、魔王の顔から苦悶の色が薄《うす》れ始める。

「確かに、貴様らの言葉には妾の中にいるもう一人の妾を呼び起こす力があるようじゃ」

「力というか……うん、まぁ、うん……」

その力の正体が『ボケ』であるためか、光は大層微妙そうな表情であった。

「く、はは」

対照的に、魔王の表情は楽しげな笑みに変化していく。

「そしてもう一つ、認めよう」

その瞳《ひとみ》が、初めて庸一たちのことをまともに映した気がした。

「貴様らは、妾の敵たり得ると」

尊大ながら、その目には新しいオモチャを見つけた子供のような煌《きら》めきも見て取れる。

「喜ぶが良い？　妾が敵と認める存在なぞ、初めてじゃからな」

「こんなので認められちゃったかー……ていうか、前世の私たちは認められてなかったのかー……まぁ、最後の不意打ち以外は結構押されてたしなー……」

光の表情が、ますます微妙なものとなった。

「さぁ、存分に妾の退屈《たいくつ》を紛《まぎ》らわせよ」

この状況にありながら、魔王の余裕《よゆう》は崩れない。

というか、ここまでで一番活《い》き活きしているようにさえ見えた。

「我《わ》が力よ！　吹《ふ》き荒《あ》れよ！」

『っ⁉』

詠唱《えいしょう》通り暴風の如《ごと》く吹き荒れた漆黒《しっこく》を、庸一たちは大きく跳《と》んで回避《かいひ》する。

「どうじゃ、速度も範囲《はんい》も先程《さきほど》までとは比べ物にならんぞ？」

魔王が、ニヤリと笑った。

「この状況で、まだ珍妙《ちんみょう》なことをする余裕はあるかのぅ？」

魔王の口調は挑発的《ちょうはつてき》というよりも、純粋《じゅんすい》に結果を楽しみにしているように感じられる。

（ぐっ……！　実際、これをされるとキツいな……！）

一つ一つの威力《いりょく》よりも手数が重視されているようだが、どうにか避《よ》け続けることは可能だ。しかし逆に言えばそれで手一杯《ていっぱい》であり、ボケる余裕など全くないように思えた。

「チッ……！」

環も舌打ちするだけで、状況を打破する手は持っていないらしい。

「せめて聖剣《せいけん》さえあれば、この程度の攻撃《こうげき》問題ではないんだが……！」

光が悔しげに呻《うめ》く。

聖剣……それは、勇者にのみ扱える武器。魔王を滅ぼすことが出来る、唯一《ゆいいつ》の存在である。たとえ滅ぼすのが目的でないとしても、魔王に対しては大いに役立つことだろう。

だが、しかし。

（ないものねだりをしてもしゃーないだろうよ！）

残念ながら、聖剣は前世の世界にしか存在しないのである。

「ん……？　なんだ……？」

庸一が内心でそんなことを考えていたところ、光がふと明後日《あさって》の方向に目を向けた。

「こっちに、何かが……？　って、うわっ⁉」

進路をそちらに変更《へんこう》したところで何かに躓《つまず》いたらしく、大きく体勢を崩す。

「ちょっと光さん、転んだのが原因で死ぬとかシャレになってないダサさですわよ⁉」

「わ、わかってるよ！」

どうにか持ち直して回避を続けているが、実際今のはかなり危なかったように見えた。

「ただ、何かに呼び寄せられたような感じがして……」

転倒《てんとう》しかけた原因は、どうやら例の木刀だったらしい。

躓いた拍子《ひょうし》に宙に飛んだそれを、光が咄嗟《とっさ》にといった感じでキャッチする。

「……えっ？」

そして、その顔が驚《おどろ》きで彩《いろど》られた。

「天光剣《てんこうけん》……？」

どこか呆然《ぼうぜん》とした様子で、光はその木刀を見つめている。

「光、こんな時に何を……？」

流石《さすが》に、庸一も尋《たず》ねずにはいられなかった。
「貴女《あなた》マジで舐《な》めてますの⁉　そんな木刀で遊んでいる場合ではないでしょう⁉」
環に至っては、概《おおむ》ね全ギレである。
「……違《ちが》う」
それに対して返ってきたのは、静かな否定の言葉だった。
木刀に目が釘付《くぎづ》けになったままなのに、光は魔王《まおう》の魔法を上手《うま》く回避している。
むしろ、全《すべ》て見切っているかのような危《あや》うげなさだった。
……というか。
（あれ……？　なんか魔王の魔法、弱まってる……？）
庸一も、いつの間にか避けるのが楽になっていることに気付いた。
その理由にも、少しだけ心当たりがある。
（なんか……もう、ツッコミどころの気配しかしねぇんだよなぁ……）
光と木刀という組み合わせから、そんな予感がするのだった。
「違うんだ」
そんな中、光は何やら確信に満ちた呟《つぶや》きを漏《も》らす。
『……？』

庸一と環は、疑問の視線を交《か》わし合った。

――コイツ、何言ってんだ?

――さぁ……?

長い付き合いだけに、お互いのそんな意思が伝わり合うのがわかる。

「あぁ、そうか……先程、神が言っていたのは……」

一方の光は、引き続き独りごちていた。

「やっぱり私は、間違《まち》ってなかった……出会った時から、始まっていたんだ」

そして、なぜか晴れやかな笑みを浮かべる。

「おかえり」

光が、木刀を天に掲《かか》げた。

その瞬間、木刀が強い輝《かがや》きを放つ。

それはまるで、木刀自身を燃やし尽《つ》くすかのようで。

やがて、その輝きが収束した時。

「いや……おかえり、とも違うかな」

いつの間にか、光が手にしているのは白銀の剣になっていた。

否、正確にはそうではない。木刀全体が魔力で覆《おお》われており、それが剣の姿を形作っているのだ。よく見れば、その奥《おく》に薄《うっす》らと元の木刀の姿も確認出来る。

「また出会ってくれて、ありがとう」

光が、愛《いと》おしげに刀身の腹をそっと撫《な》でた。

（……んんっ？）

その段に至り、庸一は気付く。

かつて……前世で、その形状によく似た剣を見たことに。

（いや、まさかそんなはずは……）

そう、心中で否定しようとしたが。

「私の聖剣、エルビィブレード」

光が口にしたのは、庸一が考えていたのと同じ内容だった。

「いや……そう呼ぶのも少し違うな」

光は、ゆっくりと頭を振《ふ》る。

「私はもうエルビィ・フォーチュンではないし、君だってかつてと同じじゃないものな」

一瞬思案顔となった後、すぐに何かを閃《ひらめ》いたような表情に。

「ゆえに……天光《てんこう》ブレード。君のことを、この世界ではそう呼ぶことにしよう」

そう口にする光は、とても良い笑顔《えがお》であった。

「この世界でも共に戦ってくれ、天光ブレード！」

それから、表情を引《ひ》き締《し》めて。

「はぁっ！」

気合い一閃《いっせん》、横薙《よこな》ぎに木刀……もとい、聖剣を振り抜いた。同時に聖剣から強い輝きが噴出《ふんしゅつ》し、それに触《ふ》れた魔王の魔法はたちまち消え去っていく。一陣《いちじん》の風が霧《きり》を吹き飛《と》ばすかのように吹き荒れていた漆黒は霧散《むさん》し、魔王の周囲を漂《ただよ》うものを残すのみとなった。

「よし……！　これなら、いける！　魔王にも対抗《たいこう》出来るぞ！」

自信に満ちた顔で、光はグッと拳《こぶし》を握る。

回避の必要がなくなったことで、庸一と環も足を止め。

「えっ？　なに、結局どういうこと？」

庸一は、なんとなく答えを予期しながら……ゆえに、若干《じゃっかん》の頭痛を感じながら尋ねた。

「あぁ、この天光剣……実は、エルビィブレードが転生した姿だったんだ。恐らく私たちとは転生した時期がズレたせいで、長らく私のことを待ってくれていたんだと思う」

果たして、ドヤ顔の光から返ってきたのは予想通りの言葉で。

『いや、剣の転生ってどういう概念《がいねん》!?』

庸一と黒のツッコミの声が重なった。

「私たちが転生したんだ、剣が転生していてもおかしくはないだろう？」

「いや、おかし……く、ないのか？　環、どうなんだ？」

反射的に否定しようとした庸一だったが、途中《とちゅう》で言葉を止めて環の方に目をやった。

「さぁ……？　理論上、魂《たましい》を持つのであれば転生も可能かとは思いますけれど……」

どうやら環にも判断が付かないらしく、戸惑った表情である。

「魂なら、宿っているに決まっているさ」

「……その根拠《こんきょ》は何ですの？」

「聖剣は持ち主を選び、それ以外の者には扱《あつか》えないだろう？　それは、聖剣に意思があるということを指し示しているんじゃないか？」

「ええ……？　それは聖剣の意思というか、女神《めがみ》が設けた制約的なものなのでは……？」

「というか、実際に転生していることが何よりの証左だろう」

「そう言われると……まぁ、そうかもしれませんわね……？」

納得《なっとく》はしかねている様子だが、環としてもそれ以上否定するつもりはないようだ。

「オーケーオーケー、じゃあ聖剣が転生したこと自体はいいとしよう」

引き続き痛みを感じる頭を、庸一はゆっくりと横に振る。

「で……その剣の名前、何て名付けたって？」

「天光ブレード、だ」

　これ以上ないほどのドヤ顔と共に、光は大きく胸を張った。

「全く違う名前を付けるのも、何となく違う気がしてな？　だから天光剣の『天光』……今の私の名前と、『ブレード』の部分を残したんだ」

　ドヤァ……！　そんな効果音が聞こえてきそうな光に対して。

『いや、ダサッ⁉』

　再び、庸一と黒の声が重なった。

「え……？」

　光は、「何を言っているのかわからない」とばかりに目を瞬《またた》かせる。

「ちゅーか、名前の由来はわかっとるわ！　最初から最後まで全部、聞いた瞬間《しゅんかん》にわかるわ！　それもダサいし単純に字面《じづら》もダサいしで、ダブル・ダサじゃ！」

「えっえっ、そんなことないだろう……？　漢字＋カタカナの名前って格好《かっこ》いいし……」

「その発想が既にダサいわ！」

　そう言い切って、黒はぜぇぜぇと先程以上に大きく肩《かた》を上下させて顔を俯かせた。

　そんな姿を見て、庸一は一つ頷《うなず》く。

「……まぁでも、流石は聖剣だな。確かに魔王によく効いてる。光、グッジョブだ」

「いや、別にそういう感じで魔王に対抗したかったわけじゃないんだが⁉」

グッと親指を立ててやると、光は目を剥《む》いて抗議《こうぎ》してくる。

「……く、ははっ」

そんな中で、黒……魔王が、顔を上げた。

「なるほど、こういう手もあるのかえ」

「おい、誤解するな魔王！　そういう手じゃないから！　私が最初からそんな聖剣の使い方を想定していたかのような口ぶりはやめるんだ！」

「もう一人の妾《わらわ》の記憶《きおく》から、微《かす》かに読み取れる……モノボケ、というのじゃな」

「聖剣をモノボケアイテム扱いしないでくれるか⁉」

光、ちょっと涙目《なみだめ》である。

「にしても、聖剣……か」

一方の魔王は、どこか懐《なつ》かしげに目を細めた。

「皮肉なものじゃな」

そして、ニッと口の端《はし》を持ち上げる。

『……？』

その理由がわからず、一同眉根《まゆね》を寄せた。

「それが、妾を目覚めさせた決定機となったというわけか」

「そう……だったのか」

　思わず庸一は呟く。実際、疑問ではあったのだ。これまでずっと覚醒の気配さえ感じられなかった魔王の人格が、なぜここに来て表に出てきたのか。天敵の存在に反応してということであれば、納得感はあった。

「ちょっと光さん、あなた思いっきり魔王復活のトリガー引いてるではありませんの！　勇者として恥《は》ずかしくありませんの!?」

「い、いや、今にして思えば以前からちょいちょい様子がおかしかったのは魔王が目覚める前兆だったんだろうし……！　それに聖剣のおかげで魔王に対抗出来るんだから、プラマイゼロというかギリでプラス寄りだと思うな勇者としては！」

「確かに元より、貴様らと過ごすうちにもう一人の妾も前世の記憶を取《と》り戻しつつあったようじゃな。妾も少し前から目覚めつつあったし、仮に聖剣の存在がなかったとて妾が表に出るのは時間の問題であったやもしれぬ」

「ほら、他《ほか》ならぬ魔王もそう言ってるし！　どちらかといえば連帯責任だろう！」

「魔王にフォローされて責任転嫁《てんか》する勇者って、貴女それ恥ずかしくありませんの？」

「も、元だから……」

環に返す光の声は、だいぶ震《ふる》え気味《ぎみ》である。

「さて……聖剣が現れた上に、十全には動かぬこの身体《からだ》。さしもの妾も、少々手こずるやもしれぬ状況と言えようが……」

ギラン、と魔王の瞳が一層不気味に輝いた。

「死合うかえ？」

「……いや」

問いかけに対して、庸一はゆっくりと首を横に振る。

「俺たちの戦いは、あくまでも黒を取り戻すためのものだ！」

そして、ハッキリと言い切った。

「くはは、そうかえ」

その笑《え》みがどこか嬉《うれ》しげに見えるのは、庸一の気のせいなのだろうか。

「それでは、今度はこういうのはどうじゃ？」

再びニヤリと魔王が笑った途端《とたん》に、彼女《かのじょ》の身体が宙に浮《う》いた。

「我が力よ、何者をも寄せ付けぬ強固な壁《かべ》となれ」

次いで、魔王の全身から魔力が溢《あふ》れ出《だ》す。しかしそれは今までのような苛烈《かれつ》な速度を伴《ともな》っているわけではなく、それどころか攻撃性《こうげきせい》すら感じられない。ただ、半透明《はんとうめい》の黒い魔力が球体状となって魔王の身体を覆っているのみである。それがユラユラと僅《わず》かに動く様は、まるで漆黒の炎《ほのお》が揺《ゆ》らめいているかのようにも見えた。

「どういうことだ……？」

この不思議な状況に、庸一は眉根を寄せる。

「どういうことだ、とでも言いたそうな顔じゃの？」

「いや、顔っていうかまんま言ったわ」

魔王の言葉に、思わずツッコミを入れてしまった。

「残念ながら、貴様らの声は妾には届かん」

魔王は、不敵な笑みを浮かべたままである。

「この魔力は、音を一方向にしか通さぬ。つまり、貴様らの声はどうあっても妾には届かぬということじゃ。さて、これを如何《いか》に突破《とっぱ》する？　言うておくが、表面を削《けず》ったところで無駄《むだ》じゃぞ？　妾の鼓膜《こまく》の薄皮《うすかわ》一枚のところまで魔力を斬《き》り裂《さ》くことを試みてみるか？　それとも、諦《あきら》めてこの身体ごと斬り捨《す》てるか？　さぁ、貴様らは何を選択《せんたく》する？」

その笑みは、どこか黒を彷彿《ほうふつ》とさせるものであった。

「あー……なるほど、そういう？」

庸一も、ようやく魔王の意図を理解する。

「どうする？　声が届かなくてもツッコミが来るようなボケってどんなだ？」

「なんだかバラエティ番組じみてきたな……というか魔王はもう何がしたいんだ……？」

話を振ると、光は力なく笑った。

「……兄様」

と、環がどこか硬《かた》い表情で口を開く。

「魔王が慢心《まんしん》しているというのならば、その隙《すき》を突《つ》かない手はありません」

「……どうするつもりだ？」

何か案があるのか？　とは問わない。

その表情から、環が何かしらのアイデアを持っているのは確実だとわかったからだ。

「わたくしたちは、幾度《いくど》も黒さんの人格を表に出すことに成功しています。けれどあくまで一瞬《いっしゅん》表に出てくるだけで、主人格は魔王のまま。魔王の人格を封印《ふういん》するためには、一度黒さんに主人格を奪《うば》っていただく必要があります」

「今まで通りにツッコミを引き出すだけじゃ弱い、ってことか？」

庸一の確認《かくにん》に、環は小さく頷いた。

「とはいえ兄様の指針はやはり間違っておらず、ここまでの行動のおかげで黒さんの人格がかなり出てきやすくなってきている印象を受けます。ここで、最大級のインパクトを与《あた》えればあるいは……と、思うのですけれど……」

　その辺りで、急に環の歯切れが悪くなり始める。

「……？　どうした？　そんなに難しい手なのか？」

「いえ……難易度という意味では、それほどでは……」

「なら、リスクがあるとか……か？」

「ええ、まぁ、兄様を危険に晒《さら》すことになってしまいますし……」

「そんなの気にすんな。どうせ、このままどうにも出来なきゃ世界の危機なんだ」

「兄様ならそうおっしゃるだろうことは、わかっていましたが……」

　問いを重ねるが、どうにも要領を得なかった。

「グギギギギ……！」

　というか、何やら環の中で激しい葛藤《かっとう》が生まれているようである。悔《くや》しげに歯ぎしりする様は、何かを必死に抑《おさ》えつけようとしているようでもあった。

「これは世界の危機……！　仕方のないこと……！　他ならぬ兄様と生き抜《ぬ》くために、これが最善手なのです……！　耐えなさい、魂ノ井環……！」

　鬼気迫《ききせま》る表情で、己《おのれ》を説《と》き伏《ふ》せるようにブツブツと呟いている。

「頼《たの》む、環。何か手があるなら、教えてくれ」

真《ま》っ直《す》ぐに目を合わせ、庸一は真摯《しんし》な表情で懇願《こんがん》した。

「黒を救い出せる手があるなら……その可能性があるなら、俺《おれ》はなんだってやる覚悟《かくご》だ」

それは、心の底からの言葉である。

「……正直、少し妬《や》けてしまいますわね」

環は、小さく苦笑《くしょう》した。

「……ふぅっ！」

そして、何かを吹っ切《き》るように強く息を吐《は》く。

「光さんっ！」

「は、はいっ！」

やけに強い眼力と共に呼びかけられて、光はピンと背筋を伸《の》ばした。

「あの魔力の壁を食い破って兄様を魔王の下まで送り届けること、できますわねっ⁉」

「ふっ……愚問《ぐもん》だな」

若干ビクビクしていた表情が、自信ありげな笑みに変化する。

「残念ながら、今の私は『勇者』の身じゃない」

本人の言う通り、天ケ谷光は『勇者』ではない。

女神の加護を受けていないし、魔王を倒《たお》す使命だって課せられてはいない。

たとえどれほど近かろうと、エルビィ・フォーチュンとは異なる存在なのである。

「魔王を倒すことが出来るかと問われれば、厳しいと答えざるをえない」

そう口にしながらも、光の表情は晴れやかなものであった。

「だけど……天光ブレードを手にした今ならば」

輝く聖剣を、一振《ひとふ》り。

「友の下へと至る道を作るくらいは、やり遂《と》げてみせるさ」

天ケ谷は、『勇者』ではない。

けれど、その立ち居振《ふ》る舞《ま》いは前世の姿とピタリと重なるものであった。

「無駄に格好つけないでいただけます？」

「今のは格好つけていい場面だろう⁉」

そして、一瞬で前世のイメージから乖離《かいり》した。

「というか貴女、今のところ勇者要素より戦犯要素の方が強いですわよ？」

「こ、ここから挽回《ばんかい》するし……！」

震える声で言い訳する様には、やはり勇者要素は限りなく薄いと言えよう。

「ともあれ……兄様」

「あぁ、何でも言ってくれ。俺も、絶対にやり遂げてみせる」

視線を向けてきた環に、庸一は力強く頷いてみせる。

「兄様には、魔王《まおう》の下まで辿《たど》り着《つ》いたところで……たった一言で構いません、言っていただきたい言葉があるのです。詳細《しょうさい》は、兄様にお任せ致《いた》しますが……」

「……？　今の魔王には、俺たちの声は届かないんじゃないのか？」

「いいえ、届きます」

環は、ハッキリと断言した。

「たとえ聞こえずとも……届く言葉というのは、存在するのです」

その表情から、強い確信を抱《いだ》いていることが察せられる。

「黒さんに対する……兄様からの、ものならば」

ギリ、ともう一度悔しげに歯噛《はが》みする環。

「それは……」

次いで、その口から出てきた言葉は——

◆　◆　◆

「くはは、どんな作戦を立てておるのやら」

真っ暗闇《くらやみ》の中、そんな声が降り注いでくる。
黒は、夢の世界にいた。
夢？　本当にそうなのだろうか？
なぜだか、そうではないという確信があった。
こんなにも、意識はフワフワして覚束《おぼつか》ないのに。
（……お主は、誰《だれ》なんじゃ？）
自分の中にいる、誰かに話しかける。
あるいは、自分が誰かの中にいるのか。
いずれにせよ、自分以外の存在を間近に強く感じていた。
「妾は、エイティ・バオゥ」
果たして、ハッキリとした意思を伴《ともな》った声が返ってくる。
「貴様には、こう言った方がわかりやすいか？」
顔は見えない。それどころか、どこからその声が聞こえてくるのかもわからない。
ただ、なぜか相手が笑ったのはわかった。
「かつて、人の子らに『魔王』と呼ばれた存在であると」
（魔王……？）

それは、暗養寺黒に対する呼称《こしょう》の一つである。

もっとも、そう呼ぶ者は酷《ひど》く限られるが。

（お主は……）

確信に近い、予感があった。

（妾、なのか？）

ここしばらく、己の内に感じていた酷く不吉《ふきつ》な存在。

それが、今話している相手であると。

「そうであるとも言えるし、そうではないとも言える」

しかし、相手の返答は曖昧《あいまい》なものであった。

「魂が同一であることを基準に語るのであれば、妾は貴様であると言えよう」

つまり、同じ魂を共有する者同士ということか。

「今の妾は、実体を持たん存在じゃ。本来であれば、彼《か》の者共のように貴様と統合され完全に一つの存在となっていたことであろう」

彼の者共、というのが黒のよく知る人物たちであることは直感的にわかった。

「じゃが、妾と貴様では情報量に……生きた年月に、差異がありすぎる。恐《おそ》らく本能的に、統合されることなく別個の人格として分かれたのじゃろう」

（……いずれ、妾はお主に呑《の》み込まれるのじゃな？　妾は、お主の全てを受け止めるだけの器《うつわ》を持っておらん。ほとんどが溢れて、最終的に妾はお主となる）

これも、直感的にわかった。

あるいは、無意識下である程度情報の共有が成されているのかもしれない。

「このままでは、な」

（……？）

しかし、今回の言葉の意味はわからなかった。

「そうさせぬよう、必死であがいている者共がおる」

真っ暗闇の中に、光が差す。

最初はぼんやりとしていた光景が、徐々《じょじょ》に鮮《あざ》やかになってきた。

「――！」

「――！」

「――！」

見慣れた三人だった。

声は少しも聞こえてこないが、やけに真剣《しんけん》な表情で何かを叫《さけ》んでいる。

「――！」

「――！」

光がこちらに向けて駆《か》け出し、庸一がそれに続いた。

こちらから、半透明の黒い触手《しょくしゅ》のようなものが無数に射出される。

「――！」

恐らくは、裂帛《れっぱく》の気合いの声を出しているのだろう。大きく口を開いた光が、手にした剣で次々と触手を斬り伏せていった。強い輝きを纏《まと》う刀身が触れた瞬間、触手は溶《と》けるように消滅《しょうめつ》する。あまりに速い斬撃《ざんげき》の軌跡《きせき》は線状ではなく面状に見え、それはまるで輝く怪《かい》物《ぶつ》が漆黒を呑《の》み込んでいくかのような光景だった。

「――！」

やがて触手を全て切り捨てところで、光の動きが止まった。

振り下《お》ろした剣の切っ先が、何かに阻《はば》まれて止まっているようだ。

今の黒ならばわかる。阻んでいるのは、魔王の魔力だ。

けれど、それも一瞬のこと。

「――！」

光が強く息を吐き出すと同時に剣の輝きが一層増し、ググッと切っ先が進んだ。

「――！」

そして、気合い一閃。振り抜かれた剣から輝きが迸《ほとばし》り、巨大《きょだい》な奔流《ほんりゅう》となったそれが漆黒を食い破ってこちらへと突き抜けてきた。

「ほう、流石は聖剣。生まれ変わっても、その力は健在か」

黒には『生まれ変わった聖剣』というくだりはちょっと何を言っているのかわからなかったが、ともかく光が手にしている剣は魔王の力に抗《こう》することが出来るらしい。

「さて……それで、妾を切り捨ててみるか？」

余裕の気配が伝わってくる。たとえ生まれ変わった聖剣（？）であろうと、この身体を傷付けることは叶《かな》わないという確信を持っているのだ。

「……む？」

次いで伝わってきた気配は、疑問だった。

「――――！」

「――――！」

何事か――恐らく「行けっ！」といったところだろう――を叫んだ光に頷き、庸一がこちらに向けて駆けてくる。

「小僧《こぞう》の方が……？」

どうやら、その判断が釈然《しゃくぜん》としないらしい。

「捨て石か……？　だとすれば、存外つまらぬ手を使うものよのぅ」

失望、そして興味を失った気配が伝わってくる。

だが、黒は理解している。

（ヨーイチ……）

庸一の目には、諦めの色など微塵《みじん》も宿っていないことを。

「――――！」

必死に、黒の名を呼んでいるのだと。

そう……必死に、だ。庸一の顔には脂汗《あぶらあせ》が吹き出していた。心臓がバクバク不規則に脈打っていることまで伝わってくる。全身から、明確な恐怖《きょうふ》が感じ取れた。

それでも。

「――――！」

庸一が止まることは、なかった。

「無駄死《むだじ》にじゃな」

黒の口から出たつまらなそうな声が、周囲の空気を震わせる。

（無駄な……ものか）

だが、黒の見解は違う。

（死ぬ、ものか）
これまでだって、幾度もの危機を乗《の》り越《こ》えてきたのだ。
無論、今の状況《じょうきょう》はそんなものとは比べ物にならないのだろう。
それでも。
（妾のために危険を冒《おか》すな……などとは、言わぬぞ）
庸一は自分の下まで辿り着くと、信じて疑っていなかった。
「――――！」
真っ直ぐこちらに手を伸ばした庸一が、苦悶《くもん》の表情を浮かべる。
その手に、魔王の魔力が絡《から》みついていた。
光が先程開けたトンネルが、徐々に塞《ふさ》がってきている。
（全ての危機を乗り越え、妾の下に辿り着くが良い）
庸一は、手を伸ばし続ける。
（妾は、お主を待っておる）
魔王の魔力が、庸一の行く手を阻む。
（いつだって、待っておる）
そう、黒はいつだって庸一を待っていた。

高校で取り巻く女子が増えても、庸一が自分の方を振り向くのを待った。

中学の頃、庸一の『使命探し』について行っては用件が終わるのをすぐ傍《そば》で待った。

そして、恐らく……庸一と出会う前の黒もまた、待っていた。

彼のような存在が現れてくれるのを、無意識のうちに待っていた。

自分一人の退屈《たいくつ》な世界に入ってきてくれる者のことを、待っていた。

だから。

（ここまで来るが良い、ヨーイチよ！）

今も、庸一がここに辿り着くことを確信して待つのだ。

「……？」

戸惑《とまど》いの気配が伝わってくる。

「これは……？」

塞がりかけていた魔力の穴が、逆に広がり始めていた。

「まさか貴様、自力で妾の支配を……？」

何やら驚いている様子だが、黒にとってはどうでもいい。

「――――！」

庸一が、自分を呼んでいるのだ。

(ヨーイチよ、妾はここじゃ！)
ならば、それに応《こた》えるだけ。
(ここにおるぞ！)
庸一の手が伸びてくる。
黒も、手を伸ばした。
「——！」
く、ろ。
庸一の唇《くちびる》が、確かにそう動いた。
(あぁ、なんじゃ？　何でも言うが良い？　一字一句違《たが》わず、聞き届けてやろうぞ)
たとえ聞こえずとも、庸一の言葉は聞《き》き逃《のが》さない。
その程度、造作もないことなのだ。
(妾は、暗養寺黒なのじゃからな)
庸一が、大きく息を吸い込んだ。
そして。
「好きだ！」
その声が、黒の鼓膜を震わせた。

（うむ、確かに聞き届けたぞ！　好きだ、とな！）

そう……間違いなく、聞き届けたのだ。

（………………ん？）

ゆえに。

「ふぁっ!?」

その言葉の内容を理解した瞬間、黒は驚《おどろ》きの声を発した。

「無駄に自信過剰《かじょう》なとこが好きだ！　なのに肝心《かんじん》な時に抜けてたりするとこも好きだ！　肩書《かたが》きに反してやけに常識があって、意外なくらいに思いやりがあって、ちょっと脆《もろ》いところもあって、そんなところも大好きだ！」

黒の様子にも気付いていない様子で、庸一は矢継《やつ》ぎ早《ばや》に叫ぶ。

「お前の強さが、好きだ！」

恐らくは、二人を阻む魔力が薄《うす》くなってきていることにも気付いていないのだろう。

「お前は！」

必死の形相で、手を伸ばし続けていて。

「魔王如《まおうごと》きには負けないくらい、強い！」

こちらからも、手を伸ばして。

「なぁ、そうだろ⁉」

二つの手が。

「暗養寺、黒！」

ついに、重なった。

「く、ふふっ」

黒は、笑った。

「今の言葉……半分くらい悪口じゃろが、痴《し》れ者《もの》めが」

なんだかくすぐったくて、思わず漏《も》れた笑みだった。

「全く以《もっ》て、無礼な奴《やつ》よの」

目を閉じる。

「出会った時から変わらず」

蘇《よみがえ》ってくるのは、出会《であ》い頭《がしら》に「んげぇっ⁉」などという声を向けてきた少年の姿。

「お主の言葉は、妾の心の奥底《おくそこ》にまで入り込んできよるわ」

目を開ける。

「……黒、なのか？」

あの時の面影《おもかげ》を残しながらも随分《ずいぶん》と成長した顔に、ポカンとした表情が浮かんでいた。

「何を、間抜《まぬ》け面を浮かべておるか」

黒は、笑みを深める。

「妾を呼んだのは、お主じゃろう？」

不敵な笑み。

「妾が、暗養寺黒であるぞ」

庸一は、一つ目を瞬かせて。

「……あぁ」

そして、微笑《ほほえ》んだ。

「おかえり、黒」

その瞬間、黒の身体を覆っていた漆黒《しっこく》の魔力が一気に霧散する。

「兄様！　いけます！」

環の声が聞こえたかと思えば、自身の中の誰かの気配が急激に薄まり始めた。

（……お主）

完全に消えてしまう前に、語りかける。

（最後、もしやお主の方から……？）

（くはは、異なことを）

己が内から、笑う気配が伝わってきた。
(我は『魔王』エイティ・バオゥ。奪うことがあっても、譲《ゆず》ることなぞあるものか)
(……そうかえ)
同じ身体にあっても全《すべ》てが伝わるわけでもなく、それが本当なのかはわからない。
だがいずれにせよ、黒はこの相手に妙《みょう》な親近感を抱いていた。
それは、己の身体に同居しているから……と、いうだけではなく。
結局のところ、彼女と自分は同じ存在なのだと理解したから。
価値観・生き方・考え方、全てが異なりはする。
けれど、それは結果論でしかないのだと思う。
——あぁ、壊《こわ》したいものじゃのぅ
事実、かつて「この世界を壊したいのか」と問われた際に黒はそう答えたのだから。
こんな退屈な世界、壊せるものならば壊したいと思った。
きっと彼女は、あの頃《ころ》の黒の延長線上にある存在だ。
もしも当時、自身に宿る力に気付いていれば。
あるいは、あの頃のまま時を重ねて暗養寺の大きな力を継《つ》ぐことになっていたら。
黒も、彼女と同じような道を歩んだのかもしれない。

だが、そうはならなかった。
なぜならば。
「黒……良かった……」
力尽《ちからつ》きたかのように気を失った、この少年と。
――俺が、止める
あの日、出会ったから。
（のぅ、お主よ）
庸一の身体を抱きとめながら、己が内の存在へと再度呼びかける。
（この世界は、本当に退屈かえ？）
退屈を何より嫌《きら》う彼女へと、問いかける。
（くはは）
その笑い声を最後に、彼女の言葉が返ってくることはもうなかった。
けれど、それ自体が答えであるような気がして。
「あぁ、そうじゃろうとも」
黒は、微笑んだ。

# 第八章 暗養寺黒《あんようじくろ》の矜持《きょうじ》

Isekai kara JK tensei shita moto imouto ga Chou guigui kuru.

「……様……兄様っ！」

「ん……？」

聞き慣れた声と共に身体を揺すられて、庸一《よういち》はゆっくりと目を開けた。

「庸一、意識に混濁《こんだく》なんかはないか？」

目の前には、少し心配そうな表情を浮かべる光《ひかり》の顔。

「あぁ……大丈夫《だいじょうぶ》だ」

だんだんと、意識もハッキリしてきた。

と、そこまで考えて。

「っ⁉　黒は⁉」

現状を思い出し、勢いよく起き上がる。

その際、妙に身体が重い気がした。

「それでしたら……」

「そこ、だな」

環《たまき》が若干不機嫌《じゃっかんふきげん》そうに、光が苦笑と共に、庸一の腹部辺りを指す。

「……？」

意味がわからず、疑問符《ぎもんふ》を浮かべながら庸一は視線を下ろした。

すると、そこに。

「っ⁉　黒⁉」

捜《さが》していた人物の姿を見つけて、思わず驚きの声が出る。

どうやら、黒を抱きすくめる形で気を失っていたらしい。

「くふふ、ようやっと気付きおったか」

庸一の腕《うで》の中で、黒はどこかくすぐったそうに笑っていた。

「あ、悪い」

腕を広げ、黒を拘束《こうそく》から解放する。

「別段妾としては、ずっとこのままでも良いのじゃが？」

しかし、黒に離《はな》れていく気配はなかった。

「駄目《だめ》に決まっているでしょう！」

「大目に見るのはここまでだ！」

環と光がその襟首《えりくび》を掴《つか》んで、無理矢理《むりやり》に引《ひ》き剥《は》がす。

「まったく、ケチくさい奴らじゃのぅ」

そう言って肩《かた》をすくめる黒だが、抵抗《ていこう》もせず素直《すなお》に引き剥がされた辺りそこまで不満を持っているわけでもなさそうだ。

「そういう問題じゃありませんわよ」

「そうだぞ、魔《ま》お……」

とそこで、ふと光が言葉を止めた。

そして、示し合わせたかのように環と顔を見合わせる。

「この呼び方も、相応《ふさわ》しくないことがわかったな」

「ですわね」

二人、苦笑を浮かべて。

「改めて……おかえりなさい、黒さん」

「おかえり、黒」

それを、微笑みに変化させる。

「はぁん？」

一方の黒は、大げさなまでに眉根を寄せた。

「何を気安く呼んどるんじゃい。ヨーイチ以外に名前呼びを許可した覚えなぞないが？」

『はぁん⁉』

今度は環と光がそんな声を上げて、ビキリとこめかみに血管を浮《う》かび上《あ》がらせる。

「こちらが下手に出て差し上げたというのに……」

「やっぱり君など、魔王呼びで十分だ！」

「じゃから、それでえぇと言うとろうが」

呆《あき》れ気味の口調で言って、黒は再び肩をすくめた。

「……というか、今までと全く変わらないその態度」

黒を見る環の目が、胡乱《うろん》げな色を帯びる。

「もしかして貴女《あなた》、先程《さきほど》までの記憶《きおく》がなかったりします？」

「……いや」

黒は、ゆっくりと首を横に振った。

「ちゅーか、アレじゃな」

それから、小さく苦笑を浮かべる。

「そう言うっちゅーことは、やはり夢ではなかったということか」

彼女自身、未《いま》だ信じきれていないかのような表情であった。

「まさか、妾《わらわ》がマジで『魔王』じゃったとはのぅ……」

「あー……てことは黒、やっぱり前世の記憶がなかった……のか……？」

「あるわけなかろうが、そんなもん」

呆れたように、断じてから。

「……と、切り捨てるわけにもいかんようになったのぅ」

再び、黒は苦笑を浮かべた。

「ちゅーても、今でも前世の記憶？　とやらは、ハッキリとは思い出せん。なんとなーくは思い浮かぶが、昔に見た夢を思い出しとるような感覚じゃ。先程の件とて、お主らがおらんかったら白昼夢とでも判断しておったじゃろうな」

「……んんっ？」

ふと、光が疑問の表情となる。

「つまり、今まで前世の記憶を全く持たずに私たちと会話していたということだよな？」

「じゃから、そうじゃと言うとろうが」

「だけど、君だって普通《ふつう》に前世の話をしていたじゃないか」

「頑張《がんば》って合わせとっただけで、一度たりとて積極的には話しとらんわ」

「言われてみれば……確かに、か……？」

今までの会話を思い出しているのか、光はこめかみに手を当て視線を宙に向けた。

「貴女それ、どういう気持ちで話を合わせていましたの……？」

珍《めずら》しく、環が半笑いとなって尋《たず》ねる。

「今日も厨二病《ちゅうにびょう》っとるなぁ、と思うとったわ」

「あぁ……時折『設定』だとか口にしていたのは、そういうことでしたの」

「うむ」

鷹揚《おうよう》に頷《うなず》いて。

「って、やっぱり『設定』って聞こえとったんじゃないかい⁉」

その点に思い至ったらしい黒が、環に向けて吠《ほ》えた。

「お主こそ、どういう気持ちでそれ聞いとったんじゃ⁉」

「何やら厨二病のようなことを言っているなぁ、と」

「そんな風に思われとったんか⁉　心外にも程があるんじゃが⁉」

なんて会話を交《か》わしているうちに、すっかりいつもの雰囲気《ふんいき》となってくる。

「なんか……悪かったな。今まで、ちゃんと確認しなくてさ」

そのことにホッとしながら、庸一は四年以上に亘《わた》る勘違《かんちが》いを謝罪した。

「まっ、これに関しては言い出さなかった妾の方にも非はあると認めんでもないしの」

再度、黒が肩をすくめる。

「とはいえ、何にせよ全員無事で終わって良かったよ」

庸一としては、その言葉で締《し》めたつもりであった。

「いえ……本当に終わったとは、言い難《がた》いと思います」

しかし、環は神妙《しんみょう》な顔で首を横に振る。

「魔王の人格は、あくまで封印《ふういん》したのみ。それも、ほとんど即興《そっきょう》で作り出した魔法です。正直、いつ封印が解けるかわかりません」

「……なるほどな」

続いた環の言葉に、庸一も表情を引き締めた。

「なに、今は天光《てんこう》ブレードもこの手にある。今度は後《おく》れを取らないさ」

笑って、光が木刀を軽く掲《かか》げる。

その力強い笑《え》みは、場に漂《ただよ》う不安を払拭《ふっしょく》するのに十分であった。

「確かに、モノボケアイテムの準備はバッチリですわね」

「だからモノボケアイテムとして利用する気なんて欠片《かけら》もないんだが⁉　最後の方は、ちゃんと聖剣《せいけん》として役立っていたじゃないか！」

その情けない涙目《なみだめ》に、場に漂う不安がちょっと戻《もど》ってきた気がした。

「ま、案ずるでない」

　黒が、不敵に笑う。

「今回は、未知のことであったがゆえ簡単に乗っ取りなぞされてしまったがの。この妾が、そうそう何度も負けを許すわけがなかろう」

「あぁ、そうだな」

　庸一もそう信じていたので、微笑んで同意を示した。

「……それに、の」

　頬を緩《ゆる》めて、黒は自身の胸に手を当てる。

「意外と、アヤツも……」

『……？』

　その行動の意味がわからず、一同首を捻《ひね》った。

「ふっ、なんでもないわい」

『……？？』

　結局何の説明もなくて、三人の頭の上には沢山《たくさん》の疑問符が浮かぶ。

「それよりも、じゃ」

　一方の黒は、ニンマリと笑った。

「ヨーイチよ。先の情熱的な告白、褒《ほ》めて遣《つか》わすぞ」

「……？」

今度も言っている意味がわからず、また庸一は首を捻る。

「……いや、今のはわかるじゃろ」

ジト目を向けてくる黒。

「好きだ、と言うとったじゃろうが。妾、ちゃんと聞こえとったんじゃからな？」

「あぁ、そのことか」

そこまで言われてようやく、黒を取《と》り戻すために叫んだ言葉のことだと思い至る。

「やっぱり、しっかり届いてたんだな。あの言葉なら届くって環に言われて、半信半疑だったけど……流石《さすが》だな」

「ほう、魂ノ井《たまのい》が？」

環に向ける黒の視線には、どこか牽制《けんせい》するような色が含《ふく》まれている気がした。

「まさかとは思うが、ヨーイチよ……魂ノ井に唆《そそのか》されて言うただけで本心からの言葉ではない、などと言うつもりではあるまいな？」

次いで、胡乱げな目を庸一に向けてくる。

「ははっ、そんなわけあるかよ」

「……ほぅ?」

庸一が笑って返しても、未だ黒の顔には疑うような雰囲気が窺《うかが》えた。

「あれは間違《まちが》いなく、俺《おれ》の本心からの言葉だよ」

「ほ、ほぅ?」

しかし重ねて言うと、動揺《どうよう》が垣間見《かいまみ》え始める。

「つまり、その……ヨーイチは、妾のことを……?」

不敵な笑みを浮かべてはいるが、露骨《ろこつ》にソワソワした様子であった。

「あぁ」

何恥《は》じることもないと、庸一は大きく頷く。

「無駄《むだ》に自信過剰で、なのに肝心な時に抜《ぬ》けてるところがあって、肩書きに反してやけに常識があって、意外なくらいに思いやりがあって、ちょっと脆いところもあって」

先程伝えたことの、繰《く》り返《かえ》し。

「そんで、魔王に負けないくらいに強い」

自然、庸一の口元は微笑みを形作っていた。

「他にも色々あるけど……全部、ひっくるめてさ」

「う、うむ……」

黒は、少し緊張《きんちょう》した面持《おもも》ちで頷く。

「好きだよ」

「っ……！」

そして、庸一の言葉に息を呑んだ。

が、しかし。

「友達として、すげぇ誇《ほこ》らしく思ってる。尊敬してるよ、お前のこと」

続いた庸一の言葉に、ピシリとその表情が固まった。

「いやぁ、ははっ。流石に、こういう何でもない場面で伝えるのはちょっと照れるな」

庸一は、苦笑《くしょう》気味に笑って頬を掻《か》く。

それから、少し間が空いて。

「はぁぁぁぁぁぁぁぁぁぁ…………………」

黒が、深い深い溜息《ためいき》を吐《つ》いた。

「じゃよねー、わかっとったよ。ヨーイチは、そうじゃもんねー。このオチまで見えとったっちゅーんじゃ。端《はな》から期待なんぞしとらんかったわい」

そうは言いつつも、その顔には『期待はずれである』とありありと書かれている。

「えっ……？　なんだよ……？　俺、なんかしちまったか……？」

「はいはい、厨二病乙《おつ》じゃ」

「『俺、なんかしちまったか？』自体は別に厨二ワードでも何でもねぇからな⁉」

なんてやり取りする二人は、すっかりいつも通りの調子であった。

◆　◆　◆

そんな光景を、眺《なが》めながら。

（流石は環だな……こうなることまで予想済み、ということか……）

光は、内心で感嘆《かんたん》を抱《いだ》いていた。

（『好き』だと叫べ、と庸一に提案した時は何事かと思ったが……キッチリ魔王《まおう》の封印に成功し、しかし告白的な意味にはならず……完璧《かんぺき》な落とし所だ）

チラリと目を向けると、環は涼《すず》しい顔で待機している。庸一と黒の会話中だって一度も動揺した姿を見せていなかったので、何もかもが計算通りといったところなのだろう。

（にしても……『好きだ』、か）

背中越《ご》しに聞こえてきた、庸一の叫び声《ごえ》が脳裏《のうり》に蘇る。

（たとえそういう意味でなくとも、正面から言われてみたいものだなぁ）

黒を羨《うらや》む気持ちがあるのは、否定出来ぬ事実であった。

（ふっ……この私が、そのような軟弱《なんじゃく》な考えを抱く日が来るとは）

前世の頃には考えられなかったことで、口元が皮肉げな笑みを形作る。

（ふっ……）

形作る。

（ふっ……）

形作る。

（ふっふっふっ……）

徐々に、それが緩んできた。

（ふ、はははははは――っ！）

ともすれば、内心の高笑いが漏れ出《で》そうになる。

「うふふ……うふふふぅ……」

というか、結構漏れ出ていた。光としては苦笑気味のニヒルな表情を保っているつもりなのだが、端《はた》から見ればかなりだらしない笑みが浮かんでいる。

（来ている……！　私の流れが来ているぞ……！）

心の内には、ハートマークが凄《すさ》まじい勢いで吹《ふ》きすさんでいた。

（今回の件を鑑《かんが》みるに、庸一が魔王に抱いているのは純然たる友情……！）

でなければ、ここまでケロッとしてはいられないだろう。

（そして先日の一件で、庸一は環が自分にとって『妹』なのか『女性』なのかを悩《なや》み……

結果、『妹』であると認識《にんしき》した……！）

その見立ても、間違っていないはずだ。

（一方……この私はといえば、だ）

思わず、笑みが深まる。

……と光は思っているが、実際には漏れ出ている笑みのだらしなさが増した形だ。

（庸一から『女性』として認識されているのは、間違いない……！）

これは自惚《うぬぼ》れゆえのものではない、と光は考えていた。

ランジェリーショップやおんぶの時の反応から、客観的な事実であると言えよう。

（最近の出来事で、確信した……！）

環については前世で赤《あか》ん坊《ぼう》の頃から、黒についても小学生の頃から知っているとなれば、なかなか『そういう』対象として見るのは難しいだろう。庸一の精神年齢《ねんれい》は既《すで》に大人のそれなのだから、尚更《なおさら》である。その点、光との出会いは前世でも現世でも十分に『女性』と呼べるくらいに成長してからのものだ。

（まさか、出会いの遅《おそ》さが逆に有利に働くとは……環も魔王も、これは計算外だったろう……！　まさしく、私の一人勝ち……！）

一見不利に思えた要素が、いざ戦いの場になると有利に働く。前世では何度も経験したことだが、まさか現世の、それも恋愛事《れんあいごと》においても起こるとは流石《さすが》の光も思っていなかった。庸一と過ごした時間の少なさは大きな不利だと思っていただけに、それがアドバンテージに転じると知った時の喜びは一入《ひとしお》である。

（そして、何より）

今の状況が己《おのれ》に利すると判断している要素は、それだけではなかった。

（先日は、環……そして今回、魔王）

一見すれば、光が蚊帳《かや》の外に置かれる出来事が続いているように見える。

けれど。

（流れ的に、次は私がメ̀イ̀ン̀のイベント……！　私のターン……！　間違いない……！）

天ケ谷《あまがや》光、かつて『勇者』と呼ばれた存在。

（漫画《まんが》だったら、絶対そうなるし！）

ぶっちゃけ、漫画脳であった。

（いやぁ、楽しみだなぁ……私には、どんなイベントが来るんだろうなぁ……）

ニヤリ……を通《とお》り越して、光が浮かべる笑みはニマニマと緩んだものである。

元が神の作り給《たも》うた造形かと思うほどに見目麗《うるわ》しい光だからこそどうにか見られる画《え》になっているが、そうでなければ割と気持ち悪い光景になっていたことだろう。というか、現状でさえもちょっと気持ち悪い感じになっていた。

「光さん、貴女だいぶ気持ち悪い感じになっていますわよ……？」

何気にそれを目撃《もくげき》していたらしい環が、引き気味の表情で呟《つぶや》く。

しかしそんな環の言葉も、今の光には届かなかった。

（やっぱり、私も前世関連かな……？　でも私の場合、前世では庸一とあんまり繋《つな》がりないけど……いや、それを言うなら魔王の方が繋がりは薄かったわけだし……ということは、勇者だった過去が関係してくる感じかな……？　私が格好《かっこ》いいところを見せて庸一が惚《ほ》れるとか……いや逆に、私のピンチを庸一が救ってくれるというパターンもあり得るな……？　環の時も魔王の時も、結果的にそっちパターンだったたし。ふふっ、この私が救われる立場になるとは……前世では考えられなかったことだけど、それだけに実はそういうのにちょっと憧《あこが》れあったんだよなぁ……！）

なんて、光は悶々《もんもん》と作戦……というか、妄想《もうそう》に考えを巡《めぐ》らせていて。

ゆえに、気付かなかった。

「……ふぅ」

半笑いを浮かべていた黒が、表情を引き締めると同時。

その身に纏《まと》う雰囲気が、明らかに変わったことに。

それはまるで、戦いに赴《おもむ》く戦士のような。

かつての光……エルビィ・フォーチュンに近いものであると言えた。

「……魔王？」

色ボケした光とは違《ちが》って敏感《びんかん》にその変化を察知したらしい環が、眉根《まゆね》を寄せる。

「ま、そうじゃな」

黒の身体《からだ》は良い感じに力が抜けており、戦場においてならば理想の状態だと言えた。

「思えば……一方的に待つだけというのも、いい加減飽《あ》いてきたからの」

そして、恐《おそ》らく。

「そろそろ、自ら動いてみるとしようぞ」

彼女《かのじょ》が今、いるのも。

「先程、妾からも手を伸《の》ばしたように……の」

ある意味では、戦場なのだろう。

「ヨーイチよ、聞くが良い」

「……？　なんだよ、改まって」

背筋を伸ばした黒につられたのか、庸一も姿勢を正した。

そして。


「好きじゃよ、ヨーイチ」


深呼吸の一つも挟《はさ》むこともなく言い切ったのが、実に彼女らしい。

「え……？　あぁ」

驚いた様子で目を瞬《またた》かせた後、庸一は納得《なっとく》の表情を浮かべる。

「お前も、同じく友情を感じてくれてるってことだよな。ありがとう、嬉《うれ》しいよ」

そして、照れくさそうにまた頬を掻いた。

「まぁ、お主はそう言うじゃろうと思うたよ」

苦笑を浮かべることさえなく。

「ゆえに、言《い》い換《か》えよう」

むしろ、黒の笑みは愛《いと》おしげなもの。

「妾のモノになるが良い、ヨーイチよ」

それは間違いなく、王の器《うつわ》を感じさせる堂々とした態度であった。

「えっ…………と？」

一方の庸一は、鈍感《どんかん》系主人公の器を感じさせるよくわかっていなさそうな顔である。

「そんな口を利くとは面白《おもしろ》い奴、自分のモノになれ……とか、そういうやつか？」

「どこの俺様系主人公じゃよ」

これには、流石の黒も苦笑い。

「ま、とはいえ」

それを再び、微笑《びしょう》に変えた。

「正直、最初は似たようなものだったかもしれぬがの」

どこか懐《なつ》かしげに、目を細める。

「というよりは単に、妾を恐れることなく話しかけてくれるのが嬉しかったんじゃ」

「いや、まぁ、俺も最初はビビりまくってたけどな……魔王だと思ってたから……」

「言うて一月も経《た》たんうちに、気安い態度になっとったじゃろが」

「そりゃお前があんまりにも普通の女の子だったんで、てっきり魔王も心変わりしたんだって思ったからで……今にして思えば、魔王ですらなかったわけだけど……」

「普通の女の子、とな」

黒の微笑みに、嬉しげな色が交ざった。

「妾に斯様《かよう》な評価を下すのは、お主くらいのものじゃよ」

「そうか……？」

「ふっ……自覚がないのもお主らしいわ」

微笑みが、深まる。

「ちゅーかそれこそ今にして思えば、妾を魔王と認識した上で近づいてきたとかお主マジで正気の沙汰《さた》とは思えぬよな。お主が死ぬことになった直接の原因じゃぞ？」

「それは……まぁ……でも、当時はそれが俺の『使命』なのかと思ってたし……」

黒歴史を恥じているのか、庸一の歯切れは大変に悪かった。

「じゃが、そんなお主じゃからこそ」

そんな姿をも、黒は愛おしげに見つめる。

「妾は惹《ひ》かれていった。退屈《たいくつ》な妾の日常をぶち壊してくれたお主を。妾の下から離れていかぬお主を。打算なく一緒《いっしょ》にいてくれるお主を。妾のために……命さえ賭《と》してくれる、お主を。どんどん、好きになっていった。今だって、どんどん好きになっておるのじゃよ」

「黒……」

きっと、そんな風に想《おも》われているとは考えてもいなかったのだろう。

庸一は、何と言っていいのやらわからないといった表情だった。

「ずっと、お主の隣《となり》にいられるだけで満足じゃった」

黒は、そっと己の胸に手を当てる。

「それがずっと続くことこそを、望んでおった」

まるで、そこにいる誰《だれ》かに語りかけるかのように。

「じゃが……それだけでは、退屈な日常の中で只々『誰か』を待ち続けていたあの頃と変わらんのじゃろう。妾は結局、何も変われてなどいなかったのやもしれぬ。お主らといることで、変われた気になっておっただけで」

あるいは、そこにいる誰かの声を聞いているかのように。

「じゃから、今度こそ妾は進む」

もう片方の手を、庸一の方へと差し出す。

「ヨーイチよ」

ちょっとした遊びにでも誘《さそ》うような、気軽な口調で。

「妾の、恋人《こいびと》になって欲《ほ》しい」

ハッキリと、言い切った。

『…………』

しばし、場を沈黙《ちんもく》が支配する。

「…………って」

たっぷり十秒は経過した後に、ようやく庸一はハッと我を取り戻した様子となった。

「は……ははっ……何、言ってんだよ……」

庸一の口元が、ぎこちなく動く。

「担《かつ》がれりゃしないぜ？　いくら俺が、そういうのに耐性《たいせい》ないからって……」

笑みを浮かべようとしているが、どうにも上手くいかない……そんな表情だった。

「冗句《じょうく》だと、思うのかえ？」

揶揄《やゆ》するでも憤《いきどお》るでもなく、黒は笑みを携《たずさ》えたまま。

「妾の、今の言葉を」

庸一を、真《ま》っ直《す》ぐに見つめる。

「他《ほか》ならぬ、お主が」

光にさえも、先の言葉が冗談《じょうだん》でないことは十二分に伝わってきた。

からかうし、軽口を叩《たた》くし、イタズラだってする。

けれど、だからこそわかる。
今のは、彼女の本気の言葉であると。
光よりずっと付き合いの長い庸一に、わからないはずはなかろう。
「俺、は……」
口をパクパクと動かすだけで、庸一から言葉らしい言葉は出てこない。
そんな態度こそが、庸一も黒の本気を理解している証左なのだろう。
……と、その頃になって。
(……あれ?)
しばらくボーッと事の成り行きを見ていた光の頭が、ようやく再起動を始めた。
チラリと横に目を向ける。
「…………!?」
環が、目を見開いたままフリーズしている。
恐らく、端から見れば光も同じような状態だったのだろう。
(今の、って)
再び、目の前へと視線を向け直す。
もちろん、未だ庸一と黒は見つめ合ったままである。

（告白……だった、よな？）

今更《いまさら》、確認《かくにん》するまでもない事実。

（まさか）

ある意味では魔王の覚醒《かくせい》さえも吹き飛《と》ばしかねない衝撃《しょうげき》を伴《ともな》ったそれは、明らかに。

（新しいメインイベント、始まっ……た？）

黒を中心とした新たな物語の、幕開けであった。

「わ……」

それを、遅まきながらに認識して。

「わ……」

最後の庸一の呟きからこっち、未だ誰も何も発言していない中で。

「私のターンはぁぁぁぁぁぁぁぁぁぁぁぁぁぁぁぁぁぁぁぁ!?」

当事者たちを差し置いて全力で叫《さけ》んだ光に、一同ビクッとなったのであった。

# あとがき

どうも、はむばねです！　今回はあとがき一ページですので、詰め込んでいきますよ！

まずは帯にもあります通り、本作のメディアミックス企画が進行中でございます！　詳細はまた後日お伝えさせていただきますが、楽しみにしていてくださいな！　私も無茶苦茶楽しみです！　さらに、私と鉄人桃子様のサイン入り特製複製原画がもらえるＲＴキャンペーンも（詳細はＨＪ文庫公式ツイッターで）！　では続いて謝辞です！（詰め込み）

鉄人桃子様、コメディからシリアスまで完璧に本編の雰囲気にマッチした素晴らしすぎるイラストの数々をありがとうございました！　どれも綺麗すぎてビビりました！

担当Ｔ様、引き続き共に本作を作り上げていただき誠にありがとうございます！

小若菜モトカ様・隆様、今回もまた何度もの合宿で大変お世話になりました！

その他、本作の出版に携わっていただきました皆様、普段から支えてくださっている皆様、そして本作を手にとっていただきました皆様に、心よりの感謝を！

それでは、またお会いできることを切に願いつつこれにて失礼させていただきます！

HJ文庫 http://www.hobbyjapan.co.jp/hjbunko/
879

# 異世界からJK転生した元妹が、超グイグイくる。 2

2020年5月1日　初版発行

著者――はむばね

発行者―松下大介
発行所―株式会社ホビージャパン

〒151-0053
東京都渋谷区代々木2-15-8
電話　03(5304)7604（編集）
　　　03(5304)9112（営業）

印刷所――大日本印刷株式会社

装丁――AFTERGLOW／株式会社エストール

乱丁・落丁（本のページの順序の間違いや抜け落ち）は購入された店舗名を明記して
当社パブリッシングサービス課までお送りください。送料は当社負担でお取り替えいたします。
但し、古書店で購入したものについてはお取り替えできません。

禁無断転載・複製

定価はカバーに明記してあります。

©Hamubane

Printed in Japan

ISBN978-4-7986-2205-7　C0193

ファンレター、作品のご感想
お待ちしております

〒151-0053　東京都渋谷区代々木2-15-8
(株)ホビージャパン HJ文庫編集部 気付
はむばね 先生／鉄人桃子 先生

アンケートは
Web上にて
受け付けております

https://questant.jp/q/hjbunko

- 一部対応していない端末があります。
- サイトへのアクセスにかかる通信費はご負担ください。
- 中学生以下の方は、保護者の了承を得てからご回答ください。
- ご回答頂けた方の中から抽選で毎月10名様に、HJ文庫オリジナルグッズをお贈りいたします。